Die Strassen von Aleppo

AF215018

Filomena De Luca

Auflage 1 / Oktober 2017
Coverbild: 123rf, smallcreativunit
Covergestaltung: Andrea Mohamed Hamroune
Herstellung und Verlag
BoD- Books on Demand, Norderstedt
ISBN: 978-3-7481-6890-4

Vorwort

Yasmin war ein kleines Mädchen von zwölf Jahren. Sie kam in Aleppo zur Welt. Yasmin erzählte mir ihre Geschichte, wie es sich anfühlt im Krieg zu leben. Ich möchte diese Geschichte an Euch weiter geben.

Als Yasmin anfing zu erzählen, fühlte ich mich wie im Krieg. Es war fürchterlich, was dieses Mädchen alles miterleben musste. Manchmal viel es mir schwer, Yasmin zuzuhören. Meine Finger fingen an zu schwitzen, sodass ich kaum noch den Stift halten konnte. Mein Körper fing an im Rhythmus zusammenzuzucken. Ich konnte meine Tränen nicht mehr zurückhalten und ich fing an, zu weinen. Ich stand auf und verließ das Zimmer. Yasmin war sehr gelassen und entspannt. Ich glaube, sie hatte keine Gefühle mehr. Ihr Herz war wie aus Stein, als sie anfing, mir ihre wahre, traumatisierte Geschichte zu erzählen. Die Geschichte eines kleinen Mädchens aus Aleppo, das den Krieg miterleben musste.

Yasmin`s Geschichte

Vor vielen Jahren fing der Krieg in Aleppo an. Als ich die Bilder zum ersten Mal im Fernsehen sah, wusste ich, dass es bald das Ende war. Ich konnte mir diese ganzen Bilder nicht mehr anschauen. Das Geschrei, die ganzen Fliegerbomben, das Blut, die Häuser, die zusammenfielen als wären sie aus Pappe. Das Schlimmste dabei waren die Menschen, die um ihr Leben rennen mussten. Egal wo die Menschen hinliefen, die Bomben fielen überall. Viele Menschen kamen dabei um. Ich, die Autorin, Filomena De Luca, stamme aus Italien. Daher kann ich mir nicht vorstellen, was es bedeutet in einem Kriegsgebiet zu leben. Ich sah den Menschen die Angst an, auch wenn es nur am Bildschirm war. Ich konnte mir alles nicht mehr angucken, so leid es mir tat. Ich konnte dieses Leid nicht mehr ertragen und schaltete den Fernseher aus. Einige Monate später merkte ich, dass die Medien nichts mehr über Aleppo berichteten. Was war los? Ich dachte mir, vielleicht hätten sie aufgehört, diese armen Menschen zu töten. Leider hatte ich mich getäuscht. Ich fing ein Praktikum in einem Flüchtlingsheim an. Ich wollte den Menschen, die aus Syrien kamen, helfen, sich hier wohl zu fühlen in Deutschland. Am Anfang ging alles sehr gut. Bis ich ein kleines Mädchen sah, das in

Richtung Heim lief. Es war genau am 24. Dezember 2012. Das Mädchen hatte sehr wenig an und war voller schwarzem Dreck. Ich wollte mir nicht vorstellen, wovon sie den Dreck hatte, aber ich dachte mir, sie musste von weit her gekommen sein. Es war sehr dunkel zu diesem Zeitpunkt und daher fragte ich mich auch, wo die Eltern des kleinen Mädchen waren. Als das Mädchen näher kam, rief sie „Help". Ich wusste help bedeutet übersetzt Hilfe. Ich wusste nicht, was ich machen sollte. Ich stand unter Schock. Trotzdem zögerte ich nicht lange und nahm das Mädchen mit rein in das Flüchtlingsheim. Ich wies dem Mädchen einen Stuhl an und gab ihr eine Flasche Wasser. Es dauerte nur Sekunden und da hatte sie die Flasche ausgetrunken. Ich schaute das Mädchen an und das Mädchen schaute mich an.

Ich fragte sie: „Verstehst Du mich?"

Das Mädchen antwortete nicht.

Ich sagte erneut: „Verstehst Du mich, wenn ich mit Dir spreche?"

Sie schaute mich an und nickte. Ich war so froh. Gott sei Dank, das Mädchen konnte mich verstehen!

Ich fragte sie: „Wie heißt Du denn? Wie ist Dein Name?"

Spontan antworte das Mädchen: „Ich heiße Yasmin. Du kannst normal mit mir reden. Ich verstehe Dich sehr gut."

Ich fragte Yasmin weiter: „Woher kommst Du,

Yasmin?"

Yasmin schaute mich an und sagte: „Ich komme aus Aleppo. Das ist in Syrien. Kennst Du das?" Ich war sehr unter Schock und erwiderte: „Natürlich kenn ich das. Yasmin, wo sind Deine Eltern, Deine Familie sozusagen?"

Yasmin senkte ihren Kopf und sprach kein Wort. Ich wollte es mir nicht ausmalen, dass es Yasmin ganz alleine nach Europa geschafft hatte. Da ich keine Kinderpsychologin bin, musste ich mir überlegen, wie es weiter gehen sollte. Yasmin sagte kein Wort mehr. Ich ging vor die Tür. Meine Chefin wartete dort schon. Meine Chefin wollte wissen, wer das Mädchen war. Ich erklärte ihr kurz, dass das kleine Mädchen Yasmin heißt und aus Aleppo kommt. Sie hat keine Eltern mehr und sonst was an Familie. Als ich versuchte mit Yasmin weiter zu reden, senkte sie den Kopf und sprach nicht mehr.

Meine Chefin wurde blass durch meine Erzählung.

Eine halbe Stunde später ging ich wieder zurück in das Zimmer zu Yasmin. Yasmin war immer noch so nass, wie ich sie vorgefunden hatte. Ich legte meine Hand auf ihre Schulter und sagte: „Yasmin, ich will Dir nichts Böses. Ich will Dir helfen, bitte!"

Yasmin fiel mir in die Arme und weinte bitterlich. Sie sagte: „Ich habe keine Eltern mehr. Ich habe keine Familie mehr. Alle wurden umgebracht. Ich habe es als Einzige geschafft zu

flüchten."
Ich schaute sie an und bekam kein Wort mehr heraus. Ich drückte Yasmin ganz fest an mich. Ich wusste, was Yasmin sagte, war wirklich wahr. Ich schaute Yasmin an und sagte: „Komm mit, Yasmin. Ich gebe Dir ein paar frische Klamotten und zeig Dir, wo Du Dich duschen kannst. In der Zeit, in der Du duschst, bereite ich Dir etwas zu essen vor und dann reden wir in Ruhe, wenn Du möchtest. Okay? Du bist jetzt in Sicherheit Hier kann Dir nichts mehr passieren."

Als Yasmin und ich gerade auf dem Weg zum Bad waren, ging plötzlich die Alarmanlage los. Yasmin bückte sich sogleich und hielt sich die Ohren zu.
Yasmin rief laut: „Hilfe. Hilfe."
Ich nahm Yasmin in den Arm und erklärte ihr, dass alles okay wäre und nur die Alarmanlage losgegangen war. Vermutlich war es ein Probealarm. Ich wusste, als ich Yasmin ins Bad brachte, dass die Sache nicht leicht werden würde mit ihr. Yasmin litt unter Panikattacken und daher musste ich mir einen Psychologen hinzuholen. In der Zwischenzeit, in der Yasmin im Bad war, beriet ich mich mit meiner Chefin, was ich nun machen sollte. Meine Chefin sagte: „Keine Kinderspychologen jetzt. Die Kleine ist erst angekommen. Warte etwas. Es kann sein, dass Du als Praktikantin sogar mehr aus dem Mädchen herausbekommst. Wir wissen

immerhin schon, wie sie heißt und aus welchem Land sie hier hergekommen ist. Wir wissen, dass sie keine Familie mehr hat und ihre Eltern tot sind. Jetzt wäre es gut herauszufinden, wie alt das Mädchen ist. Das ist ein sehr wichtiger Punkt. Yasmin sieht sehr jung aus. Es kann sein, sie ist noch minderjährig, auch wenn sie sehr erwachsen aussieht."

Plötzlich stand Yasmin vor uns.
Sie sagte: „Ich habe Hunger. Gibt mir etwas zu essen!"
Nachdem ich das gehört hatte, war ich am Boden zerstört. Ich fragte mich, wie lange das Mädchen wohl nichts mehr zu essen bekommen hatte. Wie lange sie auf der Flucht war? Ich nahm Yasmin an die Hand und ging mit ihr in die Kantine. Auf dem Weg in die Kantine sagte ich zu Yasmin: „Yasmin, zuerst besorgen wir Dir was zu Essen und dann reden wir in Ruhe. Einverstanden?"
Yasmin schaute mich mit ihren großen schwarzen Augen an und nickte leicht. Nach dem Essen verließen wir die Kantine in Richtung Zimmer. Auf dem Weg dorthin sagte ich zu Yasmin: „Ich zeige Dir jetzt dein Zimmer. Da, wo Du vorher warst, war nur ein Notzimmer. Da gehen die Kinder und Jugendlichen hin, wenn sie von einer langen Reise kommen. Die Kinder können sich da ausruhen, bis wir ein Zimmer haben und dann gehen wir ins Büro. Du erzählst mir etwas von Dir, einverstanden?"

Dass Yasmin nur nickte, machte mir Angst. Ich hatte Angst, nichts von ihr rauszubekommen. Aber auch als Praktikantin wollte ich mein Bestes geben und meinen Job machen, möglichst viel über Yasmin in Erfahrung zu bringen. Ich musste herausbekommen, wie alt Yasmin war und woher sie kam. „So schwer kann es nun ja auch nicht sein, oder?", dachte ich.

„So, Yasmin. Das ist Dein Zimmer. Hier wirst Du schlafen und da ist Dein Schrank und Dein WC und die Dusche, okay? Jetzt gehen wir ins Büro und klären da ein paar Sachen ."

Yasmin nickte.

Als wir im Büro ankamen, fing Yasmin an zu reden. Es kam mir so vor, als wüsste Yasmin schon alleine, was ich gerne wissen wollte.

Yasmin erzählte: „Als ich im Jahr 2000 zur Welt kam, war Aleppo noch ganz anders. Nicht so wie heute."

Ich viel ihr ins Wort: „Du willst mir doch nicht etwa sagen, dass Du zwölf Jahre alt bist und gerade aus Aleppo kommst?"

Yasmin nickte. Ich wusste schon, dass hat nichts Gutes zu bedeuten. Aber ich dachte mir, warum sollte sie mich anlügen?

Yasmin erzählte weiter: „Als ich im Jahr 2000 zur Welt kam, bekam mein Vater eine Arbeit in der Politik. Mein Mutter blieb Hausfrau, da wir sieben Kinder waren. Mein Vater verdiente sehr gut Geld in der Politik. Wir hatten genug zu Essen, meine Brüder konnten studieren. Zwei von meinen Brüder wollten nach Amerika auswandern, die anderen beiden wollten niemals von Aleppo weg. Eines meiner Geschwister war verheiratet und Arzt, ein anderer Bruder war beim Militär. Mittendrin war ich, als kleines Baby. Wir lebten sehr zufrieden und glücklich. Als ich elf Jahre alt war, änderte sich alles. Der Bürgerkrieg in Syrien begann. Jeden Tag bekam ich etwas mehr mit vom Krieg. Der Krieg wollte einfach kein Ende nehmen. Manchmal gab es eine Waffenruhe, die aber nicht lange hielt. Egal wo wir hinschauten und hinliefen, es fielen viele Bomben. Wir mussten stets aufpassen, dass wir nicht getroffen wurden. Es war so fürchterlich. Abends, wenn wir ins Bett gingen, beteten wir zu Gott, dass wir am nächsten Tag noch leben würden. Ich wusste schon als Kind, dass das Leben in Aleppo nicht sicher war. Das Schlimmste war, dass ich mitbekam, dass ein Mann vor meinen Augen in den Kopf geschossen wurde. Ich bekam mit, wie eine Frau mitten auf der Straße zu Tode geprügelt wurde. Und das ist noch nicht alles. Soll ich weiter erzählen?"

Ich stand unter Schock und konnte mich nicht mehr bewegen. Ich fühlte den Boden nicht mehr unter den Füßen. Ich fragte mich, ob das wahr war, was sie gerade da erzählte? Ich schaute Yasmin mit Tränen in den Augen an und bat sie weiter zu erzählen.

Yasmin erzählte weiter: „Ich bekam mit, wie einem Mann die Hände und die Füße abgehackt wurden."

Ich hielt mir die Hände vor das Gesicht und sagte: „Oh mein Gott! Warum das denn alles?" Die Kleine war schon sehr reif für ihre zwölf Jahre. Yasmin nahm meine Hand und sagte: „Das haben wir uns all die Jahre auch gefragt." Ich fragte Yasmin: „Wo sind Deine Eltern und Deine Familie?"

Yasmin senke ihre Augen und erzählte weiter. „Dazu komme ich noch. Die Häuser fielen wie Pappe auseinander. Kannst Du Dir das vorstellen? Wir mussten beten, dass unseres noch stand. Viele Menschen wurden unter den Häusern verschüttet. Ich war auf dem Weg zu meiner Mutter nach Hause, als plötzlich eine Bombe vor unseren Augen in eine Wohnung einschlug und das Haus auseinander viel. Wir selber konnten nicht weiter, da die Straßen mit riesen Steinen versperrt waren. Meine Mama schrie: „Hörst Du die Sirene, mein Kind? Die Männer mit den weißen Helmen kommen." Das waren die letzten Männer von Aleppo. So nannten sie sich. Als die Männer kamen, sah ich, wie sie uns halfen, frei zu kommen. Wir lagen zwar nicht unter den Steinen aber dazwischen. Wir waren eingeklemmt und konnten uns nicht bewegen. Die Männer versuchten viele Menschen herauszugraben. Es schafften kaum Menschen zu überleben. Manche Menschen gruben sie schon tot aus. Die meisten Menschen waren Kinder. Knapp zwei Jahre später fingen sie an, uns mit Gasbomben zu bombardieren. Das war das Schlimmste, was passieren konnte. 10000 Menschen kamen uns Leben. Ich selber konnte nicht mehr zur Schule gehen. Wir durften uns nur in unseren Wohnungen aufhalten. Mein Vater baute jahrelang eine Wohnung, mitten im Keller. Ob er schon wusste, dass es Krieg gäbe? Kämen die Bomben, könnten die Bomben uns da nicht treffen, so die Worte meines Vaters. Leider hielt unser Versteck nicht lange und wir flogen raus, denn die Soldaten traten uns die Türe ein. Die Soldaten kamen, um eiskalt zu morden. Ohne einen Ton zu sagen. Einfach Bumm und tot ist der Mensch. Manche Soldaten vergewaltigten die Frauen und töteten sie danach eiskalt. Es war widerlich. Ich hatte Glück im Unglück. Ich hatte sehr große Angst. Meine sieben Brüder kamen ums Leben. Zwei von ihnen wurde in den Kopf geschossen, drei sind im Krieg gestorben, einen haben wir in einem Blutbad in seinem Bett gefunden. Mein letzter Bruder war irgendwo verschwunden. Niemand wusste, wo er war. Später traf ich ihn wieder. Ich werde auch davon erzählen. Aber später. Es war ein Horror für mich und meine Familie, das Ganze miterleben zu müssen. Nachdem meine Eltern alle meine Brüder verloren hatten, war nur noch ich am Leben. Mein Vater meinte, dass wir flüchten sollten und Aleppo verlassen. Es war kein Leben mehr in Aleppo, nur noch sterben. Genau das ständе uns bevor, würden wir in Aleppo bleiben und nicht in die Türkei fliehen. Leider hörte sich alles nur einfach an, aber das war es nicht. Die Grenzen wurden sehr stark kontrolliert und wenn man Pech hatte, wurde man direkt an der Grenze erschossen. Eines Tages bekam ich mit, dass mein Vater nicht nach Hause kam. Nur der Gedanke, dass ihm etwas zugestoßen war, nahm mir den Atem. Die Stunden vergingen und mein Vater kam nicht. Nach 24 Stunden der Abwesenheit ging ich meinen Vater suchen. Leider musste ich meine Mutter zurück lassen. Meine Mutter konnte kaum noch etwas machen. Ihre Diabetes fraß sie jeden Tag, Stück für Stück mehr auf. Schon bevor ich losging, wusste ich, dass mein Vater eventuell auf dem Weg nach Hause erschossen wurde. Die Straßen von Aleppo waren nicht mehr sicher, so wie vor Jahren. Meine Vermutung bestätigte sich leider. Ein paar Straßen weiter fand ich meinen Vater in einer Blutpfütze auf dem Boden liegen. Ihm wurde in den Kopf geschossen. Er hatte keine Chance. Ich konnte meinem Vater nur noch die Augen zu machen. Plötzlich ging wieder die Sirene los. Die Weißhelme waren wieder unterwegs und nahmen mich vom Boden von meinem Vater weg. Der Mann schrie: „Wir müssen hier weg, bevor wieder eine Bombe hier einschlägt." Wir konnten uns Gott sei Dank helfen. Vor uns war eine große Schule, die, als ob es nichts wäre, auseinander fiel. Die Weißhelme machten sich wieder an die Arbeit und halfen den Menschen, wo sie konnten. Ich wusste, auch die Weißhelme waren in Gefahr. Die Weißhelme spielten mutig mit ihrem Leben, aber sie waren die letzten Männer aus Aleppo. Die Männer wollten nicht einfach so flüchten, wie viele Männer es machten. Ein Helfer von den Weißhelmen musste seine Familie anlügen. Er sagte, er wäre auf Arbeit und konnte seine Familie daher nicht besuchen. Tatsache war aber, er war in Aleppo, um den Menschen dort zu helfen, wie und wo er nur konnte. Auf den Straßen von Aleppo sah man niemanden mehr. Nicht mal eine Fliege war da unterwegs. Schweren Herzens brachte mich ein Helfer der Weißhelme nach Hause zu meiner Mutter, zu der Person, die mir als Einzige geblieben war. Als ich zu Hause rein kam, rief ich: „Mama, schließ alles ab." Unsere Türen und Fenster waren aus Metall, Dank meines Vaters. Wir konnten uns schützen. Ich wusste, jetzt war es an der Zeit mich um meine kranke Mutter zu kümmern. Meine Mutter hatte Diabetes und die Spritzen waren doppelt so teuer wie in Europa. Da meine Mutter auch gehbehindert war, musste ich mich rund um die Uhr um sie kümmern."

Wie schwer es auch war. Ich sah es Yasmin an und sagte: „Pause, ich kann nicht mehr!" Aber ich wollte wissen,wo ihre Mama war. Ich schaute Yasmin an und fragte sie: „Wo ist denn Deine Mama, wenn sie die letzte Person war, die Du hattest?"

Yasmin sprach, ohne Antwort zu geben, weiter.

„Einige Tage später kam ich von einem ganzen Tag draußen nach Hause. An diesem Tag besorgte ich meiner Mutter die Spritzen. Als ich nach Hause kam, war etwas anders als sonst. Der Tisch war zwar gedeckt, aber Mama war nicht da. Mir machte das Angst. Wo war Mama? Als ich ins Schlafzimmer ging, sah ich meine Mutter schlafen. Ich dachte mir, sie wäre müde und ließ sie daher weiter schlafen. Am nächsten Morgen sah ich meine Mutter immer noch nicht in der Küche. Das war merkwürdig, denn Mama war immer früh wach und machte Essen und betete ihr Frühgebet. Etwas stimmte nicht. Ich ging ins Schlafzimmer an ihr Bett, um nach ihr zu schauen. Ich merkte, dass meine Mutter nicht mehr atmete und tot war. Ich brach zusammen. Die letzte Person, die ich hatte, war auch weg. Jetzt war ich alleine, mitten in Aleppo und wusste nicht, was ich machen sollte. Ich war so verzweifelt. Plötzlich krachte eine Bombe genau in unsere Küche. Der Staub nahm mir die Sicht und ich viel zu Boden. Ich dachte, es war das Ende. Aber ich hörte die Sirene und die Weißhelme kommen. Die letzten Männer von Aleppo. Die Männer konnten leider nicht einfach so rein stürmen, denn, wenn man einen Fehler machte, brach das ganze Gebäude ein. Sie mussten, so schlimm es auch war, alles mit den Fingerspitzen durchsuchen. Als sie es schafften, in meine Nähe zu kommen, nahmen sie mich aus dem Trümmern. Ich hatte eine Platzwunde am Kopf und kam ins Krankenhaus. Einige Tage später ging es mir bereits besser. Da ich jetzt niemanden mehr hatte, war ich ein Waisenkind und musste ins Heim. Ich wollte nicht ins Heim. Ich wollte raus aus Aleppo. Was sollte ich jetzt noch hier? Jetzt, wo meine ganze Familie tot war."

Ich konnte nicht fassen, was Yasmin durchmachen musste. Ich frage Yasmin: „Aber kannst Du mir erklären, wer die letzten Männer von Aleppo waren und was sie so machen, Yasmin?"

Yasmin wischte sich ihr Gesicht ab und sagte: „Diese Männer waren für uns wie Engel. Es waren die letzten Männer, die den Menschen halfen aus den Trümmern zu kommen. Viele Männer waren abgehauen und haben alles einfach zurückgelassen. Diese Männer taten dies nicht. Diese Männer setzten ihr Leben aufs Spiel und hoben Stein für Stein, um alle Leichenteile zu finden. Einmal hatten sie einen Fuß gefunden und wussten sogar, von wem er war. Sie gingen in jedes zerstörte Haus oder Gebäude und suchten nach Menschen, die Hilfe brauchten oder schon tot waren. Zwei Männer der Weißhelme wohnten in einem Keller. Sie mussten aufpassen, dass sie nicht beim Schlafen starben, erzählte mir einer der Männer. Die Männer waren 24 Stunden im Dienst und hatten seit Jahren keinen richtigen

Schlaf, nur wenn es mal Waffenruhe gab. Der dritte Mann hatte Familie und zwei Kinder, die er beschützte, wie er konnte. Einmal wollte er abhauen mit der Familie, hatte auch einen Schlepper gefunden, war am Ende dann aber doch nicht gegangen. Er konnte die Menschen, die in Aleppo um ihr Leben bangen, nicht zurücklassen. Darum nennen wir diese Männer die letzten Männer von Aleppo. Viele Männer sind schon weg. Die meisten von den Männern sind nach Europa geflüchtet. Die Weißhelme fuhren in jedes Viertel und löschten das Feuer. Die Weißhelme warnten die Menschen nicht auf die Straße zu laufen. Die Menschen durften nicht als Gruppe zusammen laufen. Kleine Kinder durften nicht an der Hand der Eltern laufen. Die Männer oben in den Flugzeugen sahen es sofort und schossen auf die Menschen. Die letzten Männer von Aleppo, wie sie sich nannten, waren zwar Helfer und halfen, wo sie konnten, aber auch diese Helfer waren nur Menschen. Die Männer hatten Emotionen und Ängste. Die Familien der Helfer waren genauso in Not wie alle anderen Familien. Ich sah die Männer, wie sie jedes Gebäude durchsuchten. Bei jedem Schritt mussten sie vorsichtig sein, dass das Gebäude nicht einstürzte. Ich kann Ihnen sagen, Amina, in Aleppo gab es kein Leben und keine Zukunft mehr. Man konnte in Aleppo kaum noch überleben. Egal, wo man hinsah, sah man kaputte Häuser und Schulen. Viele Kinder lebten auf der

Straße, nachdem sie ihre Eltern verloren hatten. Die Kinder ernährten sich aus dem Müll von verdorbenen Lebensmitteln.

Eines Tages ging das Fahrzeug der Weißmänner kaputt, da sie auch Feuer löschten. Aber Gott sei Dank, mit Hilfe eines Mechanikers, bekamen sie das Fahrzeug wieder zum Laufen. Der Mechaniker nahm kein Geld, sagte aber „Allah sei mit Euch!"

Es wäre unmöglich gewesen, mit einem kaputten Fahrzeug zum Einsatz zu fahren. Ein paar Stunden später machten sich die Weißhelme auf zur Wache, wo sie auch Menschen hinbrachten, um ihnen etwas zu Essen und zu Trinken zu geben. Auf dem Weg dorthin stießen sie auf eine Autobombe, die bereits explodierte, bevor die Weißhelme richtig da waren. Für die Menschen im Wagen konnten sie nichts mehr tun. Es kam jede Hilfe zu spät. Es ging eher darum das Weite zu suchen, denn jetzt waren sie in Gefahr. Man konnte in der Luft sehen, wie die Bomben auf sie zu kamen. Die Weißhelme legten sich auf den Bauch, damit die Piloten im Flugzeuge dachten, sie wären schon tot und würden einfach weiter fliegen. Leider passierte das nicht. Schon ein paar Meter weiter schlug die nächste Bombe ein."

Ich schaute Yasmin an und war geschockt über das, was sie da so alles erzählte. Aber auch wenn es mir weh tat, ich bat sie weiter zu erzählen.

Yasmin erzählte: „Ich musste zu sehen, wie ich

an Geld kam, denn ich wollte aus Aleppo fliehen. Mir war die Flucht nur mit Hilfe von Schleppern möglich. Schlepper machten so etwas nicht kostenlos, sie wollten viel Geld dafür."

Ich schaute Yasmin an und fragte sie: „Und ...wie hast Du es gemacht? Du bist erst zwölf Jahre alt, Yasmin. Und wie lange hast Du gebraucht, das ganze Geld zusammen zubekommen?"

Yasmin sah mich an und erklärte: „Ich wurde zu einer reichen Familie gebracht. Ein Soldat brach in unseren Keller ein und fand mich dort alleine liegen. Er legte mir die Pistole an die Brust und schubste mich in ein Militärauto. Wir waren sehr lange unterwegs. Nachdem ich wach wurde, befand ich mich auf dem Gelände dieser Familie. Diese Menschen waren zufrieden, dass nicht weit von ihnen Menschen umgebracht wurden. Diese Familie war zufrieden, dass die meisten Menschen abgeschlachtet und kaltblütig umgebracht wurden. Die Hausdame kam auf uns zu und begrüßte mich kurz: „Willkommen auf Deiner Arbeitsstelle!"

Ich dachte, ich höre nicht richtig. „Jetzt fing die Hölle erst richtig an", erzählte Yasmin.

Yasmin erzählte: „Ich musste das ganze Haus sauber machen. Ich musste kochen und ich musste den Hof sauber machen. Ich bekam nur 17000 Lira am Tag und damit musste ich mir etwas zu Essen kaufen. Es gab Tage, an denen ich nichts aß. Ich wollte weg von dort. Ich wollte nach Europa. Mir war alles egal. So war es kein Leben für mich. Diese Situation dauert zwei Jahre an. Ein paar Monate später kam der Hausherr und ging mir an die Wäsche.

Der Hausherr sagte: „So, Du kleines dummes Ding. Du willst Geld verdienen und nach Europa! Wenn Du nach Europa willst, dann müssen wir etwas Spaß zusammen haben. Sonst kriegst Du deine 17000 Lira auch nicht mehr."

Ich konnte nicht anders. Er zwang mich und drohte mit mit dem Tode, würde ich mich nicht fügen. Von Weitem konnte ich nachts Aleppo sehen. Ich sagte: „Ich will zurück nach Aleppo, auch wenn es meinen Tod bedeutet. Lieber würde ich sterben, als das hier alles weiter mitzumachen. Aber andererseits wollte ich auch Geld zusammen bringen für die Schlepper nach Europa und auch für die Fahrt nach Aleppo. Aber das war das kleinste Problem. Denn, wenn ich das Geld für die Schlepper hätte, hätte ich auch das Geld für die Fahrt nach Aleppo. Ich konnte auch nach Aleppo laufen. Auch wenn es zwei oder drei Tage dauern würde. Das alles passierte, als ich zwölf Jahre alt war."

Ich hielt mir meine Kopf fest und fragte Yasmin: „Hast Du Lust auf eine Tasse Kakao?"

Yasmin trank gerne einen Kakao. Ich konnte mir nicht vorstellen, was Yasmin alles durchmachen musste. Das arme Mädchen. Auf dem Weg zur Kantine erzählte Yasmin mir etwas von den Weißhelmen.

„An einem Tag machten die Menschen eine Demonstration. An diesem Tag waren viele Menschen und Schlepper da. Ich war auch da, an dem Tag, als ein Helfer von den Weißhelmen einen Schlepper traf. Der Mann von den Weißhlemen fragte den Schlepper, wie die Lage an der Grenze wäre, da er gerne seine Familie in die Türkei bringen würde. Leider sagte der Schlepper ihm ab, da er so etwas nicht mehr machen würde. Er hätte zwar immer sehr viel Geld verdient, aber es wäre zu riskant. Das machte den Mann von den Weißhelmen wütend. Er wusste genau, dass es sehr schwer war durch die Grenze zu kommen. Man musste Glück haben, nicht ums Leben zu kommen. Einige Tage später gab es eine Waffenruhe. Eine Waffenruhe war nicht gut, denn danach würden die Angriffe noch schlimmer werden. Die Weißhelme hatten einen Keller, in dem sie zu dritt wohnten. Sie kochten und schliefen da, wenn sie zum Schlafen kamen! Einer von den Weißhelmen machte einen Scherz und sagte: „Ich würde sehr gerne nach Deutschland flüchten. Ich würde mir gerne einen Rucksack packen und eine Stachelfrisur schneiden lassen. Aber andererseits, ich könnte niemals meine Leute und das Land hier alleine lassen. Die Leute, die Hilfe brauchen. Jede Minute, jede Sekunde. Wir drei sind die letzten Helfer, die Aleppo noch hat.“
Es war sehr schön, wenn wir mal Waffenruhe

hatten. Die Kinder konnten im Freien spielen und die Sonne genießen. Die Kinder brauchten sich nicht Monate oder Tage im Keller verkriechen, auch wenn es nur Minuten waren. Die meisten der Menschen benutzen nachts Kerzen, wenn sie es sich leisten können. Das Thema Wasser ist noch schlimmer in Aleppo. Man bekommt ganz schlecht Wasser. Da es diesmal etwas länger dauerte mit der Waffenruhe, kam ein Helfer auf die Idee, einen Brunnen für frisches Wasser zu bauen. Die Weißhelme setzten die Idee auch um und bauten Tag für Tag, bis der Brunnen fertig war. Eines Tages kam ein Mann, der zusätzlich ein freier Helfer war, zu den Weißhelmen. Der Mann sagte: „Ich möchte Aleppo verlassen und in die Türkei." Die Idee von dem Mann war für die Weißhelme nicht gut. Denn die Weißhelme waren sowieso schon zu wenig Leute vor Ort. Einer der Männer der Weißhelme sagte: „Bruder, Dein Bruder hatte Glück. Die Grenzen sind alle dicht. Wie willst Du dahin? Es ist sehr gefährlich." Der Mann antwortete: „Nun ja, das weiß ich. Aber wie sollen wir hier noch leben? Es gibt kein Licht und kein Strom und kaum Wasser."

Der Weißhelm antwortete: „Wenn Allah es will, dann muss er nur sagen, sei und so wird es!" Der Mann senkte seinen Blick und ging, ohne ein Wort zu sagen, davon."

Mir wurde alles zu viel. Ich selber wusste, dass ich Aleppo irgendwann verlassen musste."

Ich unterbrach Yasmin und fragte sie: " Was musstest Du all die Jahre noch bei der Familie machen?"

Yasmin schaute mich an und antwortete: „Alles, was die Familie von mir verlangte, musste ich machen. Die Tage und die Monate vergingen wie im Flug. Trotzdem hatte ich nicht mal 250000 Lira zusammen. Ich wusste, ich brauchte noch etwas mehr, um an die Summe heranzukommen, die ich brauchte, um einen Schlepper zu bezahlen. Es war eine Menge Geld, das ich zusammen bekommen musste. Ich musste es irgendwie schaffen. In Aleppo war es kein Leben mehr und es gab auch keine Zukunft. Bei der Familie konnte ich etwas Geld zusammen sparen, auch wenn es nicht viel war. Ich musste nach Europa. Irgendwie und irgendwann, auch wenn ich erst zwölf Jahre alt war. Die Frage war immer noch, ob ich so viel Geld überhaupt zusammen bekam. Ich war ja erst zwölf Jahre alt und mit zwölf Jahren hatte man nun mal noch nicht so viel Kraft. Dann war noch die Frage, ob ich einen Schlepper finden würde, der einem kleinen Mädchen, wie mir hilft nach Europa zu kommen. Es gab viele Fragen, die ich mir stellte. Was wäre, wenn etwas schief ginge auf der Flucht? Ich hätte mein ganzes Geld verloren und müsste wieder von vorne anfangen. Ich wusste, ich würde ein großes Risiko eingehen, wenn ich von Aleppo wegginge. Es könnte alles schief gehen, aber ich musste das Risiko eingehen. Ich war jetzt nicht mehr in Aleppo. Aber da, wo ich jetzt war, konnte ich auch nicht bleiben und ich wollte es auch nicht. Ich wollte noch in die Schule gehen. Ich wollte Ärztin werden. Ich wollte etwas aus meinem Leben machen und nicht mein ganzes Leben eine Sklavin sein. Ich könnte alles nur schaffen, wenn ich aus Aleppo flüchten würde. In dieser Horrorfamilie wollte ich nicht länger bleiben und wenn es nur einen Moment sein müsste, ich würde nicht bleiben wollen. Ich wusste, es würden noch ganz viele schlimme Monate vor mir sein. Aber ich musste dadurch."

Ich selber konnte es nicht fassen, was ich da zu hören bekam. Ich fragte Yasmin: „Und wie hast Du es am Ende geschafft, so viel Geld zusammen zubekommen?

Yasmin erzählte weiter: „Es hört sich ziemlich hart an, aber ich musste mich an Männer verkaufen. So ekelhaft es auch war, aber es war meine einzige Chance, das Geld zusammen zubekommen."

Ich bekam kaum ein Wort raus. Ich war entsetzt und sagte: „Und sie haben es wirklich gemacht, die Männer. Die Männer haben mit Dir..... Ich kann es nicht aussprechen!"

Yasmin sagte: „Ja, leider. Es war der Horror für mich und es war ekelhaft. Es war so ekelhaft, wie die Männer sich an mich dran machten. Aber was sollte ich machen? Ich hatte niemanden. Alle aus meiner Familie waren tot. Ich war die

Einzige, die noch am Leben war. Ich musste weg aus Aleppo und ich konnte nur weg, wenn ich auch den Schlepper zahlen konnte."

Ich schaute Yasmin an und fragte sie: „Warst Du zwischenzeitlich wieder nach Aleppo gefahren?"

Yasmin sagte: „Ja, ab und zu bin ich mal dahin gefahren, wenn mich jemand mitnahm. Manchmal lief ich auch tagelang, um nach Aleppo zu kommen."

Ich schaute Yasmin an und fragte sie: „Wie bist Du nach Aleppo gelaufen bei so viel Bomben?"

Yasmin schaute mich an und sagte: „Ja. Trotz der Bombenangriffe, bin ich einmal nach Aleppo gegangen. Ich war auf dem Weg nach Aleppo, als eine Bombe ein paar Meter von mir weg, hoch ging."

Ich konnte es nicht fassen, was ich da hörte. Ich sagte: „Oh mein Gott. Ist Dir was passiert?"

Yasmin zeigte mir eine Schnittwunde am Oberschenkel. Ich schaute mir die Verletzung an und sagte zu Yasmin: „Das ist ein ganz großer Schnitt. Wie hast Du die Verletzung versorgen können?"

Yasmin sah mich an und sagte: „Garnicht. Ich habe meinen Pulli genommen und ihn mir um den Oberschenkel gebunden. Ich hatte Angst zu verbluten."

Ich war sprachlos und sagte: „Das kann nicht sein, dass Du das gemacht hast!"

Yasmin sah mich an und grinste leicht. Sie wusste, dass ich alles wissen wollte. Ich schaute

Yasmin an und fragte sie: „Aber Hallo. Wie hast Du es geschafft, die Wunde zu zubekommen?" Yasmin sah mich an und sagte: „Ich habe die Wunde selber zugenäht. Mit Nadel und Faden, ganz alleine."

Als Yasmin das sagte, kam es mir vor, als würde ich im Boden versinken. Ich konnte das alles nicht glauben. Ich konnte auch dem armen Mädchen nicht mehr zuhören, was es alles durch machen musste. Ich riss mich sehr zusammen und hörte Yasmin weiter zu.

Yasmin sagte: „Als ich Tage später in Aleppo ankam, empfingen mich die Weißhelme. Ich war voller Blut und die Weißhelme zögerten nicht eine Minute, mich auf eine Trage zu legen. Als einer der Weißhelme meine Hose zerriss, sah man sofort die große Schnittwunde. Nicht viel später fuhr man mich mit einem Krankenwagen in ein Krankenhaus. Im Krankenhaus wurde meine Wunde richtig versorgt. Als ich einige Tage später wieder gehen konnte, war in Aleppo wieder einmal Waffenruhe. Die Kinder spielten draußen, ohne Angst und Panik zu haben. An dem Tag der Waffenruhe machten wir einen Ausflug mit den Weißhelmen. Wir fuhren auf eine Wiese, wo sich viele Kinder zusammen mit ihren Eltern trafen und spielten. Leider konnten wir es nicht mehr machen, uns dort treffen und spielen, denn es war zu gefährlich wegen den Bomben. Die Freude hielt aber nicht lange an. Einige Stunden später gab es einen lauten Knall.

Ich hörte eine Durchsage durch einen Lautsprecher: „Achtung! Bringt Euch alle in Sicherheit. Es sind Flugzeuge in Sicht. Lauft nicht in Gruppen zusammen und haltet Euch nicht an den Händen fest."

Ich konnte es nicht fassen, was ich da hörte. Es war einfach kein Leben mehr in Aleppo, dachte ich mir.

Yasmin erzählte weiter: „ An diesem Tag schlug eine Bombe direkt in eine Wohnung ein, so dass ein Mann seine ganze Familie verlor. Seine Familie war unter den Trümmern des Hauses begraben und man konnte sie nur noch tot bergen. Die armen Menschen, die unschuldig sterben mussten. Ich weiß noch, dass die Weißhelme beim Ausgraben ganz vorsichtig und leise sein mussten, denn, wenn noch jemand am Leben war, dann konnten sie es nur hören, wenn sie möglichst wenig Geräusche machten beim Graben.

In Aleppo hatte ich die Möglichkeit mir etwas Geld zu verdienen. Ich versuchte Muscheln zu verkaufen. Leider verdiente ich damit kaum etwas. Das Leben in Aleppo wurde sehr schwer für mich, da ich Tag für Tag runter an den Hafen laufen musste. Ich fischte mir die Muschel dort aus dem Meer. Aber leider, wie gesagt, war der Verkauf sehr schlecht. Einige Tage später musste ich mich zurück auf den Heimweg machen und wieder ein paar Tage in diese Horrorfamilie zurück. Ich hatte Angst, wenn ich zurückkam, dass man mich umbrächte. An diesem Tag verabschiedete ich mich von den Weißhelmen. Ich wusste nicht, dass ich einen von ihnen das letzte Mal sah an diesem Tag. Einer der Männer der Weißhelme wurde kurze Zeit später bei einem Bombenangriff getötet. Der Mann hinterließ eine Frau und zwei Kinder.

Einige Tage später, als ich nach Hause kam, waren alle zu Hause. Die Hausdame ging sofort auf mich los und sagte: „Wo warst Du, Du Dreckstück? Wer gibt Dir das Recht, hinzugehen, wo Du willst? Du musst machen, was wir Dir sagen und nichts anderes. Verstanden?"

Von da an wurde alles noch viel schlimmer. Die Angst, das ich abhauen würde, war sehr groß für die Familie. Mir wurde eine Fußkette festgemacht und ich wurde in den grausamen Keller verbannt. Noch nie in meinem Leben sah ich so einen Keller. In dem Keller, in dem ich wohnte, befanden sich auch ander verzweifelte Menschen. Ich fragte mich, ob ich in einen Menschenhandel geraten war. Was war das denn? Oh mein Gott. Die Menschen waren fast abgemagert und sahen aus wie tot. Ich fragte mich, wer diese Menschen waren? Wieso waren die Menschen hier und wieso waren die Menschen angekettet und eingesperrt? Etwas war faul hier. Das wusste ich von Anfang an. Aber so faul wie das war, da ... ich hatte keine Worte. Die Menschen schauten mich an und einer von ihnen sagte zu mir: „Willkommen in der Hölle, Liebes!"

Es war so schrecklich. Einige von den Gefangen konnten kaum noch reden. Die Tage vergingen schneller als ich es mitbekam. Einige Tage später brachte die Familie noch jemand in den Keller. Dieses Mal war es keine Frau, sondern ein junger Mann. Die meisten von den Menschen im Keller waren Frauen. Ich schaute den Mann an und fragte ihn: „Wieso bist Du hier?"

Der Mann sah mich an und sagte: „Ich bin ein Schlepper und bringe Menschen zur Grenze. Von der Grenze aus verschaffe ich den Menschen ein Platz auf einem Boot nach Europa. Diesmal war etwas schief gelaufen."

Ich sah, dass die Hände des Mannes voller Blut waren und mit Stoff umwickelt. Ich fragte den Mann: „Was haben sie Dir angetan?"

Der Mann sah mich an und sagte: „Ich habe keine Hände mehr. Sie haben mir die Hände abgehackt."

Ich bekam kein Wort mehr heraus und war total schockiert. Ich fragte den Mann leise: „Kommst Du aus Aleppo?"

Jemand anderes mischte sich ins Gespräch und sagte: „Psst, wir kommen alle aus Aleppo!"

Ich merkte, wie blass ich wurde und ich fragte mich immer und immer wieder: „Was wollen diese Menschen von uns? Wer sind diese Menschen überhaupt?"

Gott sei Dank konnten wir das Geld, was wir

hatten, unter einem Haufen Steine verstecken. Denn wenn das Geld entdeckt würde, würde die Familie es uns weg nehmen. Auch wir wären dann am Ende. Wir hätten nicht mehr nach Europa flüchten können. Auch wenn der Schlepper uns erzählte, die Grenze wäre dicht und niemand würde dort durch kommen. Jetzt waren wir erstmal hinter Gittern, eingesperrt im Keller und wussten nicht, wieso wir gefangen gehalten wurden. Ich sah jeden Tag Soldaten, die uns hartes Brot mit Wasser brachten. Die Soldaten lachten uns aus und spuckten uns an. Einige Monate später traf eine Rakete unser Haus. Als die Rakete einschlug, war ich wie blind. Alles war voller Staub. Es bildete sich einen riesen Staubwolke. Ich hört nichts mehr. Nicht mal die Maus, die hier sonst immer rum lief, konnte ich hören. Ich dachte alle Mitgefangenen waren tot. Ich konnte mich nicht mehr bewegen und spürte meinen Körper nicht mehr. Etwas Schweres lag auf meinen Körper. Mit ganzer Kraft öffnete ich meine Augen. Jetzt sah ich, was passiert war: Ein riesiger Steinklotz lag auf meinem Körper. Ich bekam sehr schlecht Luft. Ich wusste genau, wenn ich jetzt anfange, um Hilfe zu schreien, wäre ich gestorben. Was sollte ich jetzt bloß machen? Ich versuchte meinen Kopf nach rechts und links zu drehen, um zu gucken, ob noch andere Verletzte in der Nähe wären. Aber das war nicht der Fall. Ich sah überall nur Steine aber keinen einzigen

Menschen. Ich dachte, die armen Menschen, die sind alle jetzt lebendig begraben. Ich hörte auch nichts. Nicht mal eine Maus. Das könnte bedeuten, dass alle tot waren, außer mir. Ich fragte mich, wie ich jetzt alleine raus kommen sollte, wenn ich nicht um Hilfe schrie. Keiner würde mich finden. Es war, wie, als wenn ich alles verloren hätte. Ich verlor meine Familie, meine Freunde und meine Bekannten und die Hilfe nach Europa. Der Schlepper war bestimmt auch schon gestorben. Plötzlich wurde ich müde und schlief ein wenig. Einige Zeit später wurde ich wieder wach, aber ich wusste nicht mal, ob es Tag war oder Nacht. Ich wusste auch nicht, wie lange ich schon da lag in diesem Zustand. Ich wusste nur, dass ich lebendig begraben war und ich wusste auch nicht, ob ich noch lebte. Ich wusste auch nicht, dass plötzlich ein sehr starkes helles Licht mein Gesicht blendete. Ein Stimme rief: „Hallo. Hallo. Hört mich jemand?"
Ich dachte, ich träume und wusste nicht, ob es echt war. Diese Stimme und das Licht. Ich war am Ende meiner Kräfte und ich konnte nicht mehr. Ich sah das Licht, immer heller und heller. Die Stimme wurde immer lauter und kam näher und näher. Ich dachte, jetzt könnte ich um Hilfe rufen, auch wenn ich sterben würde. Ein großer Stein lag genau auf meiner Brust und drückte mir auf die Lunge, so dass es mir den Atem nahm, wenn ich versuchte etwas zu sagen. Ich musste trotzdem versuchen, um Hilfe zu rufen. Nicht,

dass die Helfer mich nicht fänden und ohne mich hier weggingen. Mit ganzer Kraft rief ich: „Hilfe. Hilfe." Ich hörte einen Mann sagen: „Stopp. Hier ist noch jemand. Ich habe jemanden gehört."

Als alle Helfer in der Nähe waren, leuchtete ein Helfer das Licht direkt zu mir. Der Helfer rief: „Ist da jemand?"

Es konnte mich niemand richtig erkennen. Ich weiß noch, dass ich rief: „Ich bekomme keine Luft mehr." Von dem Moment an hörte ich nichts mehr und ich fühlte nichts mehr. Ich war wie tot. Ich bekam nichts mehr mit. Später wurde ich in einem Zimmer wach. Überall waren Schläuche an meinem Körper angeschlossen, die an Maschinen angeschlossen waren. Ich sah einen Arzt in meine Richtung rennen. Die Maschinen gingen plötzlich aus, als ich mich bewegte. Der Arzt leuchtete mit einer schwarzen Taschenlampe in meine Augen und fragte mich: „Hörst Du mich?" Ich schaute den Arzt mit einem kleinen Lächeln an und sagte: „Ja, ich kann Sie hören und sehen. Wo bin ich und was ist passiert?" Der Arzt erzählte mir: „Wir wissen nur, dass wir Dich vor Monaten aus einem zerbombten Knast rausgeholt haben. Du lagst unter einem Stein begraben."

Ich schaute den Arzt an und mein Gesicht verzerrte sich merkwürdig. Ich wunderte mich und fragte ihn: „Wie bitte? Was haben Sie gesagt? Seit Monaten?"

Der Arzt versuchte mir langsam alles zu

erklären: „Ja, Du hattest eine lebensgefährliche Kopfverletzung. Wir mussten Dich in ein künstliches Koma versetzen, damit Deine Verletzungen heilen können und Du die Schmerzen besser verarbeiten kannst. Es war jetzt die Zeit, in der Du langsam alleine aufwachen müsstest aus deinem Koma. Es hätte Monate dauern können. Es gibt Menschen, die brauchen Jahre bis sie wach werden. Aber es gibt auch Menschen, die garnicht mehr aufwachen." Er sah mich an und sagte: „Wir wissen noch nicht mal Deinen Namen. Du hattest keine Dokumente bei Dir. Wie heißt Du denn?"

Ich schaute den Arzt an und wusste nicht, was ich ihm antworten sollte. Ich wusste nicht, wie ich heiße und ich wusste auch nicht, woher ich kam. Ich wusste nichts mehr und schaute den Arzt verzweifelt an. Ich sagte: „Ich weiß nicht, wie ich heiße. Ich weiß nicht, wer ich bin und wo ich herkomme, weiß ich auch nicht."

Der Arzt sah mich an und sagte: „Ist schon okay, Kleine. Ruh Dich erstmal aus. Wir werden schon heraus bekommen, wer Du bist und wo Du herkommst. Nur ruhig meine Kleine!"

Einige Tage später kam der Arzt erneut zu mir und berichtetet mir: „Du heißt Yasmin und bist zwölf Jahre alt. Deine ganze Familie kam vor einem Jahr ums Leben und danach wurdest Du in eine reiche Pflegefamilie gebracht. Auch diese Familie ist vor einem Monat umgekommen."

Ich sah den Arzt an und alles fiel mir plötzlich

wieder ein. Ich rief: „Stopp. Stopp. Jetzt weiß ich wieder alles. Die Hausdame dieser reichen Familie, hat mich in einen verlassenen Keller gesperrt, in dem noch andere Menschen waren. Wo sind die Menschen alle? Leben diese Menschen noch?"

Der Arzt schüttelte mit dem Kopf und sagte: „Du bist die Einzige, die es überlebt hat, Yasmin. Es tut mir leid." Der Arzt sagte weiter: „Da Du jetzt niemanden mehr hast, haben wir für Dich einen Platz in einem Waisenhaus gefunden. Das ist ein Kinderheim. Die Stationspfleger werden Dich, sobald Du fit bist, dahin bringen. In dem Kinderheim sind sehr viele Kinder, die ihre Eltern verloren haben. Da bist Du in Sicherheit. Mach Dir keine Sorgen!"

Ich dachte mir, was für einen Plan hat sich der Doc denn da ausgedacht? Das war zwar gut gemeint, aber ich wollte nicht in das Kinderheim. Mein Plan war Europa. Ich wollte nach Europa und nicht in ein Kinderheim in Aleppo, wo man jede Minute ums Leben kommen könnte. Nee Danke. Der Arzt sah mich an und sagte: „Das haben wir gefunden, Yasmin. Es gehört Dir."

Ich konnte meinen Augen nicht trauen. Es war die Tasche mit dem Geld, das ich zusammen mit dem Schlepper versteckt hatte, um nach Europa zu flüchten. Ich hoffte nur, dass in der Tasche das Geld für die Flucht noch drin war. Aber um das herauszufinden, musste ich in die Tasche schauen.

Der Doc verabschiedete sich.

Einige Tage später fühlte ich mich schon besser, so dass ich meinen Kopf aus den Kissen hoch bekam. Ich schaute in der Tasche nach und es befand sich tatsächlich noch das Geld drin. Das ganze Geld war noch da. Es waren 600000 Lira. Damit konnte ich locker den Schlepper bezahlen und auch etwas zu Essen besorgen.

Plötzlich kam der Doc mit einer Frau in mein Zimmer und stellte sie mir vor: „Das ist Frau Magna, eine Erzieherin des Waisenhauses. Heute wirst Du ins Heim gehen."

Mein Bauchgefühl sagte mir, dass etwas mit dieser Frau nicht stimmte. Ich musste mir etwas einfallen lassen, dass ich länger im Krankenhaus bleiben könnte. Aber was? Ich hatte keine Idee. Ich war mir nur sicher, dieser Frau keinen Wink geben zu wollen, dass ich eine Tasche voller Geld hatte. Denn wenn sie das rausbekommt, diese Frau, dann ist das Geld bestimmt bald eher ihr´s als meins. Die Frau wird mir das Geld wegnehmen, dachte ich mir. Und wenn das Geld weg wäre, könnte ich auch die Flucht vergessen.

Als wir auf dem Weg ins Heim waren, schwätzte mich die Frau so dermaßen voll, dass ich Kopfschmerzen bekam. Ich dachte nur an das Geld und an Europa, egal, was die Frau von sich gab. Als wir vor einem großen weißen Tor standen, hörte ich wieder einen Knall. Das Tor ging auf und ich sah das weiße, große Haus genau vor mir. Überall sah ich wunderschöne

Blumen. Aber ich fand merkwürdig, dass das Haus so groß war. Waren in dem Heim wirklich so viele Kinder, wie es mir der Doc erzählt hatte? Es öffnete sich eine große graue Tür und eine Frau mittleren Alters kam auf mich zu. Die Frau war ca. 40 Jahre alt. Die Frau hatte einen großen runden Sonnenhut auf und trug ein langes Kleid. Außerdem hatte die Frau eine kleine runde Brille auf. Als die Frau mich sah, sagte sie mit einer sehr glatten Stimme: „So, so. Du bist als Yasmin!" Ich schaute die Frau an und sagte: „Ja, ich bin Yasmin." Die Frau stellte sich mir vor und sagte: „Ich bin Madam Chanel. Ich bin die Leiterin vom Waisenhaus. So nennt man es wahrscheinlich. Würdest Du mich bitte in mein Büro begleiten? Im Büro wirst Du alles weitere erfahren."

Auf dem Weg zum Büro sagte Madam Chanel: „So, Yasmin. In diesem Haus gibt es strenge Regeln, an die man sich unbedingt halten muss. Hier trägt jedes Mädchen die gleichen Sachen und auch die gleiche Frisur."

Mir wurde alles zu viel. Wieso hatte mich der Doc nur in das Heim geschickt, oder war das ein Kloster? Madam Chanel redete weiter: „Es ist besser für Dich, wenn Du Dich an die Regeln hältst, meine Liebe."

Irgendwie hörte Madam Chanel nicht mehr auf, zu reden. Madam Chanel redete wie ein Wasserfall. Meine Gedanken waren irgendwo, aber nicht in dem Heim. Ich bekam nur die

Hälfte mit, von dem, was sie sagte.

Wir kamen an eine lange gefliese Treppe. Die Treppe war wunderschön. Ich blieb stehen, um mir die Treppe richtig anzusehen. Madam Chanel war schon oben angekommen, als sie merkte, dass ich noch unten war. Madam Chanel sagte von oben her zu mir: „Yasmin, hier wird nicht getrödelt!"

Als ich oben angekommen war, standen wir mitten auf einem schmalen Flur. Einige Kinder waren auf dem Weg zu ihrem Klassenzimmer. Ich konnte mir nur an den Kopf fassen. Ich war total geschockt. Oh mein Gott. Alle Mädchen sahen total gleich aus. Man wusste nicht, wer die Eine oder die Andere war. Jedes Kind hatte ein Namensschild am Pulli festgemacht. Sogar die Namensschilder sahen gleich aus. Die Mädchen sahen aus wie Porzellanpuppen. Ich war so geschockt, als ich die Mädchen sah. Ich dachte mir „Und so eine will Madam Chanel auch aus mir machen!?"- Niemals. Ich bin doch keine Puppe. Ich bin ein Mensch mit Gefühlen. Ich wusste auch nicht, wer Madam Chanel war. Erst Tage später, auf dem Weg zum Büro, erkannte ich ihr wahres Gesicht. Madam Chanel war eine giftige Schlange. Ich konnte es mir nicht vorstellen vorher, dass sie eine giftige Schlange war. Madam Chanel! Madam Chanel war laut gegenüber den Kindern. Es war schrecklich. Als wir endlich am Büro waren, machte sie die Tür weit auf und knallte sie heftig hinter sich zu.

Madam Chanel sagte kurz: „Setz Dich hin."
Madam Chanel sprach erst weiter, als ich mich hingesetzt hatte.

Sie sagte: „So, hier sind Deine Klamotten, die Du jeden Tag anziehst. Deine Haare werden Dir jeden Tag frisch von einem Hausmädchen gemacht. Die Haare müssen bei allen Mädchen gleich aussehen. Es ist zu schwer, die Haare alleine so hinzubekommen. Um 5 Uhr stehen wir auf und ziehen uns an. Die Hausmädchen kommen, um die Haare zu machen. Hier gibt es ungefähr 300 Mädchen und 20 Hausmädchen, die, da wir alle um 6 Uhr frühstücken, den Tisch decken werden und das Essen für das Frühstück vorbereiten. Jedes Kind hat seine Aufgabe, denn das Haus hat keine Putzfee. Jedes Mädchen macht seine Aufgabe. Jeden Freitag gibt ein Hausmädchen die neuen Pläne raus, was jedes Mädchen zu erledigen hat. Um ca. 8 Uhr wird gegessen. Danach werden die zuständigen Mädchen, die Küchendienst haben, spülen. Jedes Mädchen bringt ihr Geschirr selber in die Küche. Ab 9 Uhr beginnt der Unterricht mit Arabisch, Mathe, Politik und als Fremdsprache lernen die Mädchen Französisch. Der Unterricht geht bis 16 Uhr. Ab 16 Uhr müssen alle Mädchen ihre vorgeschriebenen Aufgaben erledigen. Manche Mädchen werden abwaschen oder im Garten arbeiten. Die Toiletten werden geputzt, Wäsche muss gewaschen werden und es wird gebügelt. Irgendwer von den Mädchen ist immer dran mit

Bügeln. Und so weiter. Das Haus ist ziemlich groß. Um 19 Uhr gibt es Abendbrot. Ab 20 Uhr wird sich bettfertig gemacht und ab dann hat jedes Mädchen Zeit, zwei Stunden sich nur, um sich zu kümmern. Ab 22 Uhr ist Bettruhe und ab dann wird geschlafen!"

Ich glaubte nicht, was ich gerade hörte. Ich schaute Madam Chanel erschrocken an und fragte sie: „Und das muss ich jeden Tag machen?" Plötzlich brüllte Madam Chanel mich an: „Jaaa, das musst Du jeden Tag machen und wenn Du Dich nicht daran hältst, werde ich Dich dafür bestrafen. Die Strafe wird hart sein, meine Liebe. Halte Dich lieber an die Regeln. Ich zeige Dir jetzt Dein Zimmer. Du wirst Dir das Zimmer mit zehn anderen Mädchen teilen."

Als wir vor einer Tür mit der Nummer 2589 stehen blieben, sagte Madam Chanel: „So, das ist Dein Zimmer!"

Als ich in das Zimmer ging, traf mich der Schlag. Es standen zehn Hochbetten in dem Zimmer und alles sah gleich aus. Auch die Bettdecken. Es war einfach krank dieses Leben, was diese Kinder hier leben mussten.

Eines Tages hatte ich keine Lust mehr und versuchte nichts zu machen. Ich war erschöpft und müde. Das war der Fehler meines Lebens. Madam Chanel sperrte mich in einen verlassenen Keller. Für Tage. Ich bekam kein Essen und kein Trinken. Licht gab es auch nicht. Ein paar Tage später kam Madam Chanel zu mir in den Keller und sagte: „So, da Du mir nichts wert bist, werde ich Dich abgeben. Ich verkaufe Dich."

Ich war so erschrocken und dachte, das wäre jetzt nicht ihr ernst. Madam Chanel konnte mich doch nicht einfach so verkaufen. Ich war doch keine Ware. Aber leider meinte Madam Chanel es so, wie sie sagte. Madam Chanel verkaufte mich an einen Mann aus Aleppo. Als ich den Mann sah, traf mich der Schlag. Ich kannte diesen Mann und der Mann kannte mich. Der Mann war ein Kollege meines Vaters. Er hieß Moussa. Beide, er und mein Vater, arbeiteten zusammen in der Politik. Ich weiß es noch ganz genau. Als Moussa mich sah, erkannte er mich sofort und zögerte nicht eine Sekunde, mich von Madam Chanel freizukaufen. Moussa nahm mich mit. Als wir unterwegs nach Aleppo waren, war wieder einmal Krieg. Ich wollte nicht zurück. Mein Plan war Europa. Moussa schaute mich verzweifelt an und sagte: „Yasmin, was machst Du hier? Wo sind Deine Eltern?"

Ich sah Moussa an und sagte: " Du weißt es also noch nicht, Moussa!"

Moussa schaute mich an und fragte mich: „Was sollte ich denn wissen? Sprich mit mir."

Ich wusste nicht, wie ich es Moussa am besten erzählen sollte. Meine ganze Familie wurde ermordet. Wie konnte ich es ihm nur sagen? Wie sollte ich es ihm nur sagen, dass mein Vater, sein bester Freund, tot war?

Moussa sah mich erneut an und sagte: „Wo sind

Deine Eltern und was hast Du hier im Heim gemacht? Sprich mit mir; verdammt noch mal." Ich schaute Moussa an und sagte: „Die sind alle tot. Meine ganze Familie. Die haben sie umgebracht. Nur ich hab es geschafft, zu flüchten." Plötzlich bremste Moussa stark und sah mich erschrocken an. „Sag mir bitte, dass es nicht wahr ist", sagte Moussa. Moussa war total entsetzt. Ich nickte Moussa leicht zu und sagte: „Doch, die sind alle tot. Meinen Vater habe ich tot auf der Straße gefunden. Meine Mutter und meine Geschwister wurden eiskalt erschossen. Ein Kugel traf in den Kopf, die andere Kugel in den Körper. Ich hatte nur Glück im Unglück, dass ich noch am Leben bin. Weißt Du, Moussa? Ich habe schon zu viel durchmachen müssen. Man braucht einen ganzen Block Papier, um alles aufzuschreiben, was ich alles durchmachen musste. Ich habe versucht Geld zu sparen, um nach Europa zu flüchten. Ich will weg vom Krieg, weg von diesem Leid."

Moussa sah mich an und sagte: „Ich kann Dich verstehen."

Im weiteren Gespräch fragte ich Moussa, wo denn seine Familie wäre, wo er sie gelassen hatte und was er in einem Kinderheim machte und warum er Kinder kaufen würde, wenn er schon selber welche hatte.

Moussa sagte: „Meine Familie wurde umgebracht, als sie nach Europa flüchten wollten. Nur ich habe es geschafft. Ich dachte mir, dass das Leben in Aleppo nichts mehr wert ist. Ich habe viel Geld und ich weiß nicht, wohin damit. Ich kaufe Kinder aus Heimen und ermögliche den Kindern den Traum nach Europa zu flüchten, auch wenn es lebensgefährlich ist. Denn in Europa haben die Kinder ein gutes Leben. Die Kinder können zur Schule gehen und ein neues Leben anfangen, ohne Leid und Krieg."

Moussa sagte noch: „Ich kaufe jetzt noch ein paar Kinder. Auch wenn sich das jetzt brutal anhört. Ich helfe Euch nach Europa zu kommen. Der Weg nach Europa ist kein Spiel. Es ist lebensgefährlich. Aber wir werden es schon schaffen. Okay, Yasmin!"

Ich schaute Moussa an und nickte ihm zu. Nach Stunden Fahrt kamen wir endlich in Aleppo an. Die Straßen, die mal Straßen waren, sind jetzt nur eine alte Baustelle. Überall waren große Steine. Man konnte kein Haus mehr erkennen. Alles war zerstört. Nicht mal eine Fliege flog in Aleppo noch rum. Wir kamen vor eine große Wohnung. Als wir reinkamen, sah ich sehr viele Kinder. Die Kinder sahen sehr glücklich und freundlich aus. Einige der Kinder erzählten mir, dass es bald so weit wäre, um nach Europa zu flüchten. Irgendwie hatte ich bei der Sache ein schlechtes Gefühl. Ich wusste, dass Moussa der beste Freund meines Vaters war. Ich wusste Moussa arbeitete in der Politik. Aber eine Frage ging mir nicht aus dem Kopf: War es wirklich

Europa, der Plan von Moussa, oder verkaufte Moussa die Kinder an Männer?

Eines Tages bekam ich mit, wie Moussa mit jemandem am Telefon sprach. Moussa sagte: „Nein, nein. Das ist mir zu wenig. Die Kleine ist mehr wert als die anderen."

Ich konnte es nicht fassen, was ich da zu hören bekam. Moussa war ein Menschenhändler und verkaufte junge Mädchen an Männer. Was war das nur für ein Mensch? Ich war entsetzt. Moussa versprach den Mädchen Europa und am Ende wollte er die Mädchen verkaufen. Wie ekelhaft war das denn bitte? Ich fragte mich, was ich jetzt nur machen sollte. Sollte ich es den anderen Mädchen sagen, was Moussa vor hatte? Es könnte gut sein, dass die Mädchen mir garnicht glauben. Was sollte ich nur machen? Ich war am Ende meiner Kraft. Ich konnte nicht mehr. Erst der Knast und dann das jetzt. Was würde danach kommen? Sollte ich einen älteren Mann heiraten und von ihm Kinder bekommen, oder wie nannte der das? Für mich war das nichts. Ich wollte studieren und Ärztin werden. Ich wollte nicht so enden.

Einige Tage später stand Moussa vor meinem Zimmer und sagte: „Yasmin, heute ist es soweit. Du gehst nach Europa. Ein Mann wird Dich abholen und am Hafen zu einem Schlepper bringen. Der Schlepper wird Dich mit nach Europa nehmen."

Moussa dachte wohl, ich wäre dumm. Was

dachte er sich überhaupt? Wie konnte Moussa mich nur so anlügen? Wie konnte Moussa die Tochter von seinem besten Freund an fremde Männer verkaufen? Wieso nur ich? Ich wollte nicht mit. Was sollte ich jetzt nur tun? Sollte ich schauspielern und einfach umkippen, so tun, als würde es mir schlecht gehen? Würde so etwas klappen oder würde Moussa es merken, dass es nur gespielt war? Ich fragte mich auch, wieso ich alleine nach Europa fahren sollte und nicht zusammen mit ein paar anderen Mädchen. Irgend etwas stimmte hier nicht. Irgend etwas war faul. Aber ich wusste nicht, was. Was ich wusste, war, Moussa hatte mich verkauft. An wen er mich verkauft hatte, wusste ich nicht. Ich überlegte auch und dachte an einen Ehevertrag. Wenn Moussa einen Ehevertrag gemacht hätte, wäre ich am Ende. Ich würde dann einem Mann gehören, dem ich zur Ehe versprochen wurde. In Aleppo war es so, seitdem es zum Krieg kam, dass viele junge Mädchen an fremde Männer verkauft wurden. Viele junge Männer verloren ihre Frauen im Krieg oder waren selber im Krieg. Ich musste diesen Ehevertrag finden. Koste es, was es wolle. Ich musste wissen, an wen mich Moussa verkauft hatte. Ich musste rausbekommen, wo die Reise wirklich hin ging. Plötzlich krachte eine Bombe neben mir ein. Ich flog mehrere Meter und sah nichts mehr. Ich wusste nicht mal, was passiert war. Ich sah nur eine graue Wolke, sonst nichts. Alles wurde still

und ich dachte, ich war tot. Als ich merkte, ich konnte mich bewegen, versuchte ich aufzustehen. Ich sah mich um und alles war zerstört. Ich lief den Flur entlang und sah zwei tote Mädchen auf dem Boden liegen. Einem Mädchen wurde der linke Fuß durch die Detonation abgetrennt. Eine riesige Blutlache war neben der Wunde. Das Mädchen hatte keine Chance und starb. Das andere Mädchen, es klingt jetzt hart, aber ich muss es erzählen: Dem anderen Mädchen fehlte der Kopf auf dem Hals.
Ich selber war mit Blut verschmiert und stand unter Schock. Ich wusste nicht, ob ich vor Wut heulen sollte oder lachen. Viele unschuldige Kinder starben von einer Sekunde auf die andere. Ich wischte das Blut von meinem Gesicht runter. Ich fühlte, dass ich eine große und tiefe Platzwunde am Kopf hatte. Ich musste versuchen die Blutung zu stoppen, nicht, dass ich auch noch ohnmächtig würde."
Ich rief: „Stopp! Oh mein Gott, mein Kind. Was musstest Du alles erleben?"
Yasmin hielt mir die Hand und sagte: „Amina, lass mich weiter erzählen. Es tut mir sehr gut, darüber zu reden."
Ich selber konnte nicht mehr, aber ich wollte ein Buch über die Flucht von Yasmin schreiben. Ich machte mir einen Tee und hörte Yasmin weiter zu.
Yasmin erzählte weiter: „Ich fragte mich, wie komme ich hier nur wieder raus? Plötzlich hörte

ich Blaulicht und Männerstimmen. Eine Männerstimme rief: „Schaut mal da nach!"
Ich wollte schreien aber ich konnte nicht schreien. Ich fühlte mich so schwach, dass ich hinfiel. Es viel ein Stein auf mich. Ich dachte, es wäre das Ende meines Lebens. Nicht mal mehr um Hilfe schreien, konnte ich. Der Stein lag diesmal ganz auf meinem Körper. Der Stein war sehr schwer, so dass ich kaum noch Luft bekam. Ich spürte, wie die Luft immer weniger wurde, als mich eine warme Hand berührte. Mein Körper kühlte langsam aus und ich war schon halb tot. Ich hörte, wie Stimmen näher kamen. „Grab weiter. Grab weiter. Da liegt jemand direkt unter dem Stein."
„Na toll", dachte ich. „Ich konnte nicht mal meine Augen öffnen, so schwach war ich."
Ich konnte sehen, dass Yasmin diese Geschichte sehr belastete. Daher sagte ich zu Yasmin: „Yasmin. Wir machen jetzt eine Pause, okay? Ruhe Dich aus und morgen erzählst Du mir weiter, wenn Du möchtest, okay?"
Yasmin sah mich an und nickte. Zum Schluss umarmte mich Yasmin und sagte: „Danke, dass Du da bist."
Ich war total fertig und konnte nur noch sagen: „Gerne. Bis morgen."
Als ich das Zimmer verließ, konnte ich meine Tränen nicht mehr zurück halten und fing an zu weinen. Dass meine Chefin mir jetzt über den Weg lief, fehlte mir gerade. Musste das sein?

Jetzt? Meine Chefin sah mich in der Hocke sitzen. Ich war am Ende meiner Nerven. Meine Chefin wusste das. Die Geschichte von Yasmin ging mir sehr nahe. Mein Chefin sagte zu mir: „Frau De Luca. Sie wissen schon, dass diese Menschen nur Flüchtlinge sind. Jeder von diesen Flüchtlingen hat eine Geschichte, sonst wären sie nicht hier."

Ich erhob meinen Kopf und war entsetzt, über das, was ich da zuhören bekam. Ich sagte: „Meine liebe Frau Müller. Das sind keine Geschichten. Das ist das wahre Leben. Wären es nur Geschichte, wie Sie gerade gesagt haben, dann bräuchten diese Menschen nicht nach Europa zu flüchten. Diese Kinder haben ihre Familie verloren, sonst wären sie nicht hier. Die Kindheit von Yasmin war ein Horror, was sie mir bisher erzählt hat. Yasmin leidet unter Angstzuständen und Panikattacken."

Frau Müller sah mich eiskalt an und sagte: „Frau De Luca. Bitte steigern Sie sich nicht so in diese Geschichten hinein. Bitte denken Sie an sich."

Ich wusste nicht, ob ich meine Chefin dafür hassen sollte. Was war das nur für ein Mensch, die Frau Müller? Hasste meine Chefin Flüchtlinge, oder was?

Ich sah Frau Müller an und sagte: „Ich glaube jetzt nicht, was ich da gehört habe, Frau Müller. Diese Menschen fliehen nicht aus ihren Ländern, weil es ihnen Spaß macht. Sie sind auf der Flucht. Die Flucht über das Meer war lebensgefährlich. Manche Menschen sterben auf dem Meer. Manche Menschen haben Glück und schaffen es über das Meer. Frau Müller, Sie wissen es doch genauso gut wie ich. Sogar noch besser als ich, wissen Sie es. So und jetzt mache ich Feierabend. Bis morgen."

Ich konnte die ganze Nacht nicht einschlafen, wegen Yasmin. Was Yasmin mir alles erzählt hatte! Aber ich wollte noch mehr wissen und musste stark sein. Für Yasmin. Yasmin wollte es so gerne, dass ich für sie, aus ihrer Lebensgeschichte und Flucht ein Buch schreibe. Yasmin wollte die Menschen lesen lassen, warum die Menschen aus Aleppo flüchten. Die Menschen flüchten nicht, weil sie es wollen. Die Menschen müssen flüchten. Sie werden gezwungen, das Land zu verlassen. Ich wollte noch rausbekommen, wie Yasmin es geschafft hatte nach Europa zu flüchten.

Am nächsten Tag fand ich Yasmin in der Kantine. Yasmin war gerade fertig mit dem Frühstück. Ich sah, dass sie auf dem Weg zu mir war. Ich sah Yasmin an und sagte: „Da es heute schönen Wetter ist, können wir im Garten sitzen, wenn Du möchtest."

Yasmin sah mich an und nickte mir zu. Wir setzten uns auf eine grüne Wiese und Yasmin fing an, einfach so, weiter zu erzählen.

„Als die Männer mich ausgraben wollten, spürte ich meinen Körper nicht mehr und ich konnte mich nicht bewegen.

Einer der Männer sagte: „Die Kleine muss sofort ins Krankenhaus, bevor wir sie ganz verlieren."

Ich denke, ich war wegen meiner Kopfverletzung ins Koma gefallen. Es war fürchterlich. Die Tage und Monate vergingen und ich war immer noch im Koma. Im Koma konnte ich nur die Stimmen hören, die sagten: „Hoffen wir mal, dass die Kleine wieder wach wird."

Mittendrin gab es wieder einen Knall. Jemand sagte: „Alles gut. Alles gut.!"

Ich wusste, es war wieder mal eine Bombe. Die Bombe traf diesmal direkt ins Krankenhaus. Ich konnte den Einschlag zwar nicht sehen aber ich hatte ihn gehört. Ich konnte die Schreie von den Menschen hören. Ich fragte mich, wann ich wieder wach werden würde. Die Zeit im Koma kam mir ziemlich lang vor. Ob es Tage, Wochen oder Monate waren, die ich da lag, wusste ich nicht. Eines Tages spürte ich, wie ich meinen großen Zeh bewegte. Ich wusste, es dauert nicht mehr lange, bis ich aufwachen würde. Nach und nach spürte ich wieder meine Hände, die ich auch wieder bewegen konnte. Einige Tage später spürte ich eine kalte Hand auf meiner Hand. Ich fragte mich, von wem diese Hand war, da ich niemanden mehr aus meiner Familie hatte. Alle waren tot. Vielleicht bildete ich es mir auch nur ein und da war nichts. Aber es war merkwürdig, denn ich spürte tatsächlich eine Hand. Im Nachhinein stellt ich mir die Frage: „Wenn da jemand wäre, müsste die Person mit mir reden.

Warum tut sie es nicht?"

Einige Tage später fühlte ich wieder eine Hand auf meiner Hand. Dieses Mal wollte ich wissen, wer diese Person war, die meine Hand hielt. Als Ärzte in mein Zimmer kamen, verschwand die Hand einfach. Ich hörte die Stimme eines Arztes sagen: „Yasmin. Kannst Du mich hören? Wenn Du mich hören kannst, bewege bitte Deinen Finger."

Leider konnte ich meinen Finger noch nicht bewegen. Ich war noch zu schwach. Ich konnte zwar den Arzt hören, aber ich konnte mich dieses Mal nicht bewegen. Die Ärzte fingen an zu tuscheln und berieten sich, wie es weiter gehen sollte. Ein Arzt fragte den Oberarzt Dr. Gaza: „Was sollen wir noch tun? Wir haben jetzt alles versucht. Die Kleine will einfach nicht aufwachen. Yasmin hat sehr schwere Verletzungen und schwebt immer noch in Lebensgefahr. Wir haben alles gemacht, was wir konnten. Jetzt liegt es an Yasmin."

Ein anderer Arzt sagte zu Dr. Gaza: „Wäre es nicht besser, wenn wir den Stecker raus ziehen? Yasmin leidet zu sehr. Keiner kann sagen, ob sie wieder wach wird und wenn Yasmin wach wird, ist es auch nicht raus, ob sie wieder richtig gesund wird."

Ich bekam einen Schock, als ich das hörte. Sie wollten die Maschinen abschalten. Ich wollte schreien, konnte es aber nicht. Dr. Gaza, der Chefarzt aus einer Klinik in Aleppo, riet: „Nein.

Wir warten noch. Außerdem können wir keine Maschinen ausschalten, ohne eine Genehmigung von den Eltern oder der Familie zu haben. Yasmin ist minderjährig. Habt Ihr schon jemanden erreichen können?"

Ich dachte mir, was für eine Familie? Wen suchen die? Ich hab doch überhaupt niemanden mehr.

Ein Pfleger sagte: „Dr. Gaza, leider konnten wir niemanden erreichen."

Dr. Gaza sagte: „Wie kann das sein? Yasmin ist noch minderjährig. Kann es sein, dass Yasmin aus einem Heim kommt? Könntet Ihr mal im Heim nachfragen?"

Der Pfleger erklärte: „Yasmin wurde unter einem zerbombten Heim ausgegraben. Das Einzige, was wir finden konnten, war ihr Namensschild, das an ihrem Pulli feststeckte. Wir wissen nur, dass die Kleine Yasmin heißt. Das war`s. Es gibt keine Dokumente. Nichts."

Dr. Gaza sagte: „Okay, dann muss ich nachforschen, woher Yasmin kommt. Wir müssen heraus bekommen, ob Yasmin noch Familie hat und ob die Familie noch am Leben ist. Oder Bekannte. Wir müssen jemanden finden. Wenn Yasmin nicht wach wird, müssen wir die Maschinen abschalten. Es könnte Jahre dauern bis Yasmin wieder wach wird. Und wenn es Jahre dauert bis Yasmin wieder wach wird, kann es sein, dass Yasmin behindert sein wird."

Ich hörte jemanden sagen: „Bis morgen,

Yasmin."

Die Tür ging zu und ich fühlte wie eine Träne meine Wange herunter lief.

Die Ärzte berieten sich, die Maschinen abzustellen. Das konnte ich nicht zulassen. Nicht nach all dem, was ich alles durch machen musste. Ich musste versuchen, wach zu werden."

Ich stoppte Yasmin mit dem Reden und sagte zu ihr: „Pause, mein Schatz. Ich kann nicht mehr. Das ist ja schrecklich."

Yasmin sagte: „Es ist alles okay, Frau de Luca!"

Ich sah Yasmin an und fragte sie: „Wie hast Du das alles geschafft?"

Yasmin sagte: „Das wollte ich gerade erzählen.

Yasmin erzählte weiter: „Einige Tage später oder Monate später, wurde ich wach. Als ich meine Augen aufmachte, sah ich ganz viele Kabel an mir kleben. Der Raum war ziemlich hell, in dem ich lag und mein Bett stand mitten im Zimmer. Ich hörte ein lautes Piepen. Mein Herz schlug immer schneller und schneller. Ich dachte, das war das Ende. Die Tür ging auf und Dr. Gaza kam mit ein paar Pflegern ins Zimmer. Er leuchtete mir mit einer Taschenlampe in mein Auge und fragte mich: „Yasmin, kannst Du mich hören?" Merkwürdiger Weise hörte ich kein Wort, aber ich bewegte meine Hand. So verstand Dr. Gaza, dass ich ihn hörte. Einige Tage später wurde es immer besser mit meinen Bewegungen. Nur meine Stimme blieb weg. Ich konnte nicht reden. Ich wusste nicht, was passiert war und wo ich war und warum ich dort war. Bis ich eines Tages auf einen Zettel schrieb, um Dr. Gaza nach allem zu fragen. „Wieso weiß ich nicht, was passiert ist und wo ich bin und wieso weiß ich nicht, wie ich heiße? Wieso kann ich nicht sprechen, Dr. Gaza?"

Dr. Gaza sagte: „Dein Name ist Yasmin. Die Weißhelme, die letzten Männer von Aleppo, haben Dich ausgegraben. Du warst in einem Heim, wie wir herausgefunden haben. Du hattest eine sehr starke Kopfverletzung und Du warst in Lebensgefahr. Du hattest sehr viel Blut verloren. Es ist normal, dass Du Dich an nichts erinnern kannst. Die Erinnerung wird mit der Zeit zurück kommen. Wie lange es dauern wird, ist immer verschieden. Bei manchen Menschen geht es sehr schnell, andere brauchen Wochen, Monate oder Jahre, bis die Erinnerungen wieder kommen. Mach Dir bitte nicht so viel Sorgen. Das mit der Stimme ist auch so eine Sache. Du lagst lange im Koma, aber Du wirst wieder reden können."

Als Dr. Gaza gerade das letzte Wort aussprach, fiel eine Schuss. Ich konnte sehen wie sein Kopf getroffen wurde. Dr. Gaza bekam eine Kugel direkt durch den Kopf geschossen. Im anderen Gebäudeteil schlug zur gleichen Zeit eine Bombe ein. Dr. Gaza hatte keine Chance und war sofort tot. Sein Blut spritzte in jede Richtung. Es war fürchterlich. Ich konnte mich zwar etwas bewegen, war aber nicht in der Lage aufzustehen. Vom Bett aus konnte ich die Pfleger sehen. Die Pfleger waren blutverschmiert. Ich hörte Schreie und alle Menschen rannten um ihr Leben. Ich hörte meine Maschinen piepsen. Es war, wie, als wenn ich in einem Film war. Aber es war kein Film. Es war Realität. Die Pfleger versuchten Dr. Gaza rauszubringen, obwohl er schon tot war. Die Pfleger rissen mich aus dem Bett und versuchten mich in Sicherheit zu bringen. Gott sein Dank waren noch die Hälfte der Pfleger und Ärzte im Krankenhaus geblieben. Es gab so viele Verletzte. Ich stand unter Schock und spürte mich kaum noch. Dr. Gaza war von einer Sekunde auf die andere tot. Es war ein Alptraum. Ich konnte es nicht fassen. Dr. Gaza war einfach tot. Jetzt waren nur noch zwei Ärzte und fünf Pfleger am Leben. Die anderen wurden innerhalb dieser Attacke alle umgebracht. Ich sah, wie sehr viele Menschen, einfach so, aus der Klinik rannten. Es war schrecklich, denn die andere Haushälfte der Klinik war dabei einzustürzen. Ein Teil der Klinik fiel in sich zusammen, als wäre sie aus Pappe. Es fühlte sich an wie ein Weltuntergang. Vor uns stand das Haus noch, hinter uns fiel es in sich zusammen. Gott sei Dank kamen die Weißhelme rechtzeitig. Meine Kopfverletzung war so schlimm, dass ich nicht aufstehen durfte. Ich sah, wie die Weißhelme mich ins Krankenhaus brachten. Auch die anderen Mädchen, die noch am Leben waren, brachten die Weißhelme ins Krankenhaus. Viele Menschen waren schon tot und man konnte sie nicht mehr retten. Die Weißhelme konnten manche Menschen nur noch tot ausgraben. Ich sah, wie ein Mensch seine Hände und Beine verlor. Eine Frau schrie und noch in dem Schrei wurde ihr der Kopf vom Hals gerissen. Der Kopf flog meterweit. Es war so schrecklich. Ich war so sehr in Angst und bekam Panik. Ich schrie nur noch: „Wir müssen hier weg!"

Alles war kaputt. Die Weißhelme fuhren uns auf die Wache, um uns dort zu versorgen. Wir kamen in eine große Halle. Die Weißhelme kochten da und versuchten dort auch etwas zur Ruhe zu kommen. Auf dem Weg zur Halle hörte ich Fliegerbomben. Ich hatte sehr große Angst, dass die Bomben uns treffen. Aber Gott sei Dank ging alles gut, als wir in der Halle ankamen. Die Halle war in einem Keller. In der Halle war ein Herd, ein Esstisch, Stühle und ein großes Ecksofa. Auf dem Ecksofa saßen zwei Mädchen, die mich sehr erschrocken ansahen. Ich hatte einen blutigen Kopfverband, der bereits durchgeblutet war. Die beiden Mädchen waren etwas älter als ich. Als die Mädchen mich sahen, brachten sie mir eine Decke und ein Glas Wasser. Ich war froh, schon etwas sprechen zu können, auch wenn ich noch nicht wusste, was passiert war. Durch meine Kopfverletzung hatte ich alles vergessen. Ich war mir aber sicher, mein Gedächtnis wieder zu bekommen. Dr. Gaza sagte es mir, bevor er den Kopfschuss abbekam.

Die Tage vergingen und wir blieben im Keller. In der Halle. Mitten in Aleppo. Im Krieg.

Die Mädchen kümmerten sich sehr liebevoll um mich. Eines der Mädchen hieß Maria und die andere hieß Madonna. Ich überlegte, wieso die Mädchen solche Namen hatten. Diese Namen waren christliche Namen. Eines der Mädchen erklärte mir, dass sie syrische Christen waren. Ich war überrascht. Christen? Was machen die denn hier, dachte ich. Ich stellte mich den Mädchen vor und sagte: „Mein Name ist Yasmin und ich bin Muslima. Ich bin auch aus Syrien."

Aber auch wenn ich Muslima war und Maria und Madonna Christinnen, wir verstanden uns sehr gut. Wir halfen uns gegenseitig. Ich fragte die Mädchen, wie sie in die Halle kamen und was passiert war. Die Mädchen erzählten mir, dass sie in Syrien geboren waren und ihre Eltern syrische Christen waren. Sie erzählten mir, sie hätten nie etwas gegen Muslime gehabt. Beide hatten sogar sehr viele muslimische Freunde. „Als der Krieg alles kaputt gemacht hatte, verloren wir unsere Eltern. Beide, Mama und Papa, wurde einfach erschossen. Als wir flüchteten, fanden uns die Weißhelme und brachten uns hier her", sagte Maria. Maria fragte mich: „Und Du, Yasmin?" Ich sah die Mädchen an und sagte: „Ja. Auch ich habe eine lange Geschichte. Ich denke, ich werde mal ein Buch schreiben darüber."

Mit diesem Satz endete das Thema.

Einige Wochen später begann ich den Quran zu lesen. Ich konnte zwar schon ein bisschen Arabisch lesen, aber der Quran war mir zu schwer. Ich wollte es trotzdem probieren. Etwas lesen konnte ich ja schon. Als Maria und Madonna mich mit dem Quran sahen, fingen beide an, mir Fragen zu stellen. Maria und Madonna fragten mich so viel. Es war spannend, was sie wissen wollten und es war auch spannend mit beiden auf Tour zu gehen, noch mehr Wissen zu erlangen. Beide Mädchen, Maria und Madonna, nahmen den Islam an und wurden Muslima. Wir waren Freundinnen, jedoch wuchsen wir so zusammen, dass wir wie Geschwister waren. Wir Mädchen gingen durch dick und dünn und lernten gemeinsam den Quran auswendig. Wir lernten Schreiben und Lesen und die Tage vergingen sehr leicht. Auch nach Monaten im Keller durften wir nicht raus. Selbst im Keller konnte man die Flugzeuge und Bomben hören. Man konnte vom Keller aus die Einschläge hören, wie es krachte, wenn eine Bombe mit einer gewaltigen Explosion etwas zerstörte. Wir hörten die Schreie der Menschen, die Schreie der Schmerzen und der Angst, der Ohnmacht und der Panik.

Manchmal lagen sehr viele Steine vor der Stahltür der Halle. Die Weißhelme mussten manchmal die Türe freischaufeln, sonst wäre kein Mensch in die Halle und raus aus der Halle gekommen.

Eines Tages sagte ein Mann von den Weißhelmen: „Ab morgen sollen drei Tage Waffenruhe sein. In der Zeit der Waffenruhe werden wir die Flucht für Euch organisieren. Ihr sollt nach Europa. Wir müssen uns aber erst informieren, wie die Situation an der Grenze ist. Wie haben einen guten Freund, der in der Nähe der Grenze lebt. Wir werden ihn anrufen und ihn fragen, wie die Lage ist jetzt. Wir wollen kein Risiko eingehen."

Mir war etwas unwohl bei dem Gedanken, dass es jetzt endlich so weit sein sollte, nach Europa zu flüchten. Es würde kein Kinderspiel werden. Die Flucht über das Meer ist lebensgefährlich.

Mittendrin, als der Weißhelm gerade den Satz beendete, kam ein junger Mann zu uns in die Halle. Der Mann war blutverschmiert und ich erkannte ihn sofort.

Ich rief: „Das kann nicht sein. Der Mann ist mein Bruder."

Ich sah ihn an und sagte: „Gabriel, bist Du das?" Mein Bruder erwiderte kurz: „Ja, Yasmin. Ich bin`s. Gabriel."

Einer der Weißhelme versorgte meinem Bruder schnell seine Wunde. Als es Gabriel etwas besser ging, fragte ich ihn, wo er die ganze Zeit war. Ich hatte ihn sehr vermisst und dachte, er wäre auch umgekommen, wie meine anderen Brüder. Gabriel erzählte mir, dass die Soldaten ihn einfach verhaftet hatte.

Er sagte: „Yasmin, es war so schrecklich, wie ich behandelt wurde. Was machst Du überhaupt hier und wo sind Mama und Papa?"
Ich wurde blass und mir wurde sehr unwohl jetzt. Gabriel merkte das und fragte mich erneut.
„Yasmin, wo sind unsere Eltern und Geschwister?"
Als Gabriel sah, dass ich mein Kopf nach unten senkte und man mir Leid ansah, fing er an zuschreien. „Nein, nein. Bitte nicht. Sag, dass es nicht wahr ist, Yasmin. Bitte!"
Ich hatte meinen Bruder noch nie so verzweifelt gesehen. Er brach in sich zusammen. Es machte mir sehr viel Angst, meinen Bruder in so einer Lage zu sehen.
Etwas später ging es ihm schon etwas besser, jedoch machte er mir den Eindruck, mehr wissen zu wollen. Ich wollte nicht alles erzählen. Der Tod meiner Eltern hatte mich ziemlich mitgenommen. Ich hatte alles gesehen und musste alles miterleben. Trotzdem erzählte ich meinem Bruder alles, was passiert war. Von Mama, wie ich sie leblos auf dem Bett fand. Von Papa, dass ich ihn mit einer Kugel im Kopf auf der Straße tot aufgefunden hatte. Ich erzählte ihm von meiner Zeit im Koma. Auch von Madam Chanel erzählte ich ihm. Der verrückten Tante, bei der wir uns alle gleich anziehen mussten, wir Mädchen, und die gleiche Frisur uns machen mussten. Mein Bruder sagte nur: „Yasmin, Du hast Recht. Madam Chanel war

wirklich nicht ganz dicht. Aber unsere Eltern und Geschwister! Ich bin so entsetzt und traurig."

Aber nun wurde ich auch neugierig und wollte etwas über meinen Bruder wissen, warum er plötzlich einfach so weg war.

Gabriel, mein Bruder, erzählte mir: „An dem Tag, an dem ich wegkam, war ich auf dem Weg zu Papa´s Arbeit. Mir kamen zwei Soldaten entgegen und die nahmen mich einfach so mit. Ohne, dass die Soldaten ein Wort sagten, wurde ich verhaftet. Die Soldaten schlugen mich und sperrten mich ein. Ich hatte nichts gemacht und wusste nicht, wie mir geschah."

Ich sagte: „Stopp. Was ist dann passiert, Gabriel?"

Mein Bruder sah mich an und erzählte weiter. „In einem unbeobachteten Moment konnte ich aus der Gefangenschaft fliehen. Jedoch wurde ich beschossen und am Bein getroffen. Die Soldaten wollten mich noch einsammeln, aber da Sirenen aufheulten, suchten sie lieber das Weite. Die Weißhelme fanden mich und nahmen mich mit."

Einer der Weißhelme unterbrach unser Gespräch und rief: „Wir haben uns informiert. Morgen ist Waffenruhe. Morgen wird Euch ein Freund von uns abholen und zum Hafen fahren. Morgen werdet Ihr nach Europa flüchten. Setzt Euch bitte hin und hört mir genau zu. Ich werde Euch jetzt wichtige Dinge erzählen."

Als wir alle saßen, fing der Weißhelm an zu

reden. „So Ihr Lieben. Morgen geht`s nach Europa. Ein Boot wird Euch vom Ufer aus abholen und dann geht es los. Es wird sehr lange dauern bis Ihr in Genova am Hafen seid. Wie lange, kann ich Euch nicht sagen, aber der Schlepper wird Euch die Frage morgen sicher beantworten. Die Flucht nach Europa, über das Meer, ist lebensgefährlich. Es kann passieren, dass Menschen auf dem Boot sterben. Manche Menschen bekommen Depressionen. Es gibt Menschen, die, auch wenn sie die Fahrt über das Meer überleben, ein Leben lang ein Trauma haben. Diese Menschen werden später von der Flucht schlecht träumen. Die Erlebnisse auf dem Boot werden Euch Euer ganzes Leben begleiten. Bitte passt auf Euch auf und ruht Euch bitte nochmal gut aus, bevor es losgeht. Wir müssen morgen ganz früh los, wegen der Bomben. Wir schlafen heute in der Halle, da unsere Helfer noch kommen. Ihr werdet im Nebenraum schlafen. Wir sehen uns morgen. Schlaft gut."
Mit diesem Satz ging der letzte Weißhelm in die Halle. Mitten in der Nacht wurde ich durch Schreie wach. Mein Bruder schrie: „Hilfe. Hilfe. Bitte, wir brauchen Hilfe." Ich zögerte keine Sekunde und rannte in die Halle. Als ich in der Halle ankam, traf mich der Schlag. Ich konnte nicht glauben, was ich da sah. Überall war Blut. Alle sieben Männer, der letzten Männer von Aleppo, waren tot. Sie wurden einfach so umgebracht. Ihnen wurde in den Kopf

geschossen. Einfach so. Ich weiß nicht mal, ob es sieben oder vier Männer waren, die dort lagen. Ich stand sehr unter Schock. Mein armer Bruder stand mitten zwischen den toten Männern, die dort irgendwie rumlagen. Ich schaute Gabriel an und rief: „Was ist passiert? Warum haben wir nichts mitbekommen?"

Mein Bruder und ich waren wie erstarrt. Es kamen Helfer, um uns von da wegzuholen. Was war passiert, verdammt? Wir standen sehr unter Schock. Keinen Ton konnten wir sagen, so nahm uns alles mit.

Einer der Helfer rief: „Alle raus hier. Sonst werden wir alle sterben."

Ich rief: „Und die Männer?"

Der Helfer sah mich an und sagte: „Die Männer sind tot, Yasmin. Wir können nichts mehr für sie tun."

Als wir aus der Halle gingen, war gerade ein Bombenangriff. Ein Freund der Weißhelme kam, um uns abzuholen. Der Mann wusste noch nicht, dass seine Freunde tot waren. Ich konnte es ihm nicht erzählen. Ich hatte zu viel Angst. Auf dem Weg zum Hafen fragte uns der Mann, wo die anderen Weißhelme waren. Es war ungewöhnlich, wenn er kam, nicht einen von ihnen zu Gesicht bekommen zu haben. Ich schwieg, denn ich hatte Angst, der Mann würde zurück fahren. Wenn das passiert, würde man uns auch umbringen. Bestimmt. Ich dachte, für dieses eine Mal, wäre ein Lüge besser. Ich erzählte ihm daher: „Ach, ich habe total vergessen Dir zu sagen, sie mussten in die Zentrale zurück. Aber Sie werden Dich bestimmt später anrufen."

Mein Bruder sah mich an und .... er konnte nichts mehr sagen. Zum Glück gab es diesmal kein Problem über die Grenze zu kommen. Die Grenze war frei und noch nicht mal eine Kontrolle gab es. Das war sehr ungewöhnlich, denn die Grenze wurde normalerweise immer sehr streng beobachtet. Ich denke, das war wegen der Waffenruhe. Die Grenze war ohne Menschen. Als wir am Hafen ankamen, erwartete uns schon der Schlepper mit einem kleinen Boot. Ich fragte den Schlepper: „Und damit wollen Sie uns nach Europa schleppen? Wie soll das denn, bitte schön, gehen?"

Der Schlepper sagte mit einer sehr tiefen Stimme: „Na ja. Das ist der einzige Weg, um nach Europa zu flüchten, meine Liebe."

Der Schlepper hatte einen Zahnstocher im Mund und einen Hut auf. Er war normal gekleidet. Der Schlepper sagte: „Also... Was ist? Wollt Ihr nun nach Europa oder nicht?"

Ich sagte: „Natürlich. Aber ich habe eine Frage: Wie viele Tage wird es dauern bis wir in Europa sind?"

Der Schlepper sah mich an und sagte: „Es dauert nicht Tage, sondern Wochen."

Ich konnte es nicht fassen. Wochen? Wochenlang müssen wir auf diesem Boot, um unser Leben bangen. Aber ich wusste, wir hatten keine andere Wahl. Mein Bruder sagte: „Komm Yasmin. Lass uns jetzt fahren."

Ich nickte meinem Bruder zu und wir stiegen in das Boot. Mein Bruder erkrankte nach einigen Tagen auf dem Boot und starb. Ich hätte gerne seine Leiche mit aufs Festland genommen, aber die Schlepper hinderten mich daran. Der Schlepper sagte: „Du kannst die Leiche Deines Bruders nicht mit auf das Festland mitnehmen. Wir sind zu lange unterwegs und die Leiche wird anfangen zu verwesen und zu stinken. Wir brauchen Platz im Boot und nicht sowas. Außerdem werden die Leute in Europa denken, wir hätten ihn umgebracht."

Ich sah den Mann an und sagte: „Du kannst es leicht sagen. Er ist nicht Dein Bruder. Er war die letzte lebende Person aus meiner Familie. Jetzt ist er tot, genau wie die anderen. Mama und Papa und meine Geschwister."

Der Schlepper sagte: „Ich weiß, Yasmin. Es ist schwer für Dich. Aber glaube mir, es ist besser, wenn wir Deinen Bruder über Bord werfen. Du musst loslassen, Yasmin."

Einerseits hasste ich den Schlepper aber andererseits wollte er mich beschützen. Ich musste es machen, meinen Bruder über Bord werfen. Wir, ich und der Schlepper, hielten meinen Bruder eine Weile gemeinsam am Bootsrand fest und ließen ihn später los. Die Leiche meines Bruders ging schnell unter. Ich sah meine Hände an und konnte nicht glauben, was ich getan hatte. Der Schlepper machte den kleinen Motor wieder an und das Boot fuhr weiter. Ich sah die andern Menschen, die auch im Boot saßen, an. Ich konnte die Angst in ihren Augen sehen. Ich war entsetzt. Mein Bruder war tot und jetzt saß ich alleine mit fremden Menschen in einem Boot, um nach Europa zu gelangen. Ich fragte mich, ob das gut gehen würde. Niemand konnte uns eine Garantie geben, dass wir es schaffen. Die Reise über das Meer ist lebensgefährlich. Man konnte krank werden oder sterben, so wie mein Bruder. Man konnte verhungern oder verdursten. Die Tage auf dem Boot wollten nicht um gehen. Ich hatte keine Kraft mehr und war erschöpft. Ich wollte endlich an Land. Als wir endlich am Hafen in Genova ankamen, standen überall Polizisten, auch ein Krankenwagen stand am Kai. Es sah so aus, als wusste man schon, dass wir kamen. Die Rettungskräfte standen da mit Decken und warmen Tee. Keiner von uns verstand die Sprache dieser Menschen. Es dauerte Stunden bis unsere Papiere überprüft waren. Bei mir war das Problem, dass ich minderjährig war. Es dauerte Stunden bis alles geklärt war. Ein Zurück nach Aleppo gab es für mich nicht. Ich konnte nicht zurück in den Krieg. In der Zeit, in der unsere Papiere kontrolliert wurden, bekamen wir ein heiße Suppe. Das war genau die richtige Stärkung für uns. Nach Stunden machten wir uns auf den Weg zu einem großen weißen Zelt.

Dieses Zelt wurde uns mitten in der Nacht zur Unterkunft. Als ich das Zelt sah, dachte ich, ich wäre im Mittelalter. Ich kannte solche Zelte nur von den Arabern und aus dem Fernseher. Ich hatte noch nie so ein Zelt in Wirklichkeit gesehen. Als wir in das Zelt kamen, bekamen wir pro Person eine Decke, ein Kissen und eine Flasche Wasser. Eine Helferin zeigte uns die Klappbetten und wo wir schlafen würden. Die Klappbetten standen genau neben einander. Das war nichts für mich. Aber es war in jedem Fall besser, als alles, was ich auf dem Boot hatte. Auf dem Boot war nichts mit liegen, da konnten wir nur sitzen und uns gegenseitig anlehnen. Wir hatten keinen Platz auf dem Boot. Ich war auch froh weg von Aleppo zu sein, denn da musste ich um mein Leben bangen. Am nächsten Tag kam das Rote Kreuz, und an uns wurden geschmierte Brötchen verteilt. Wir bekamen heißen Kaffee, Kakao und Wasser. Ein anderer Helfer verteilte Formulare, die wir ausfüllen mussten. Wir mussten unsere Daten aufschreiben. Alles. Unseren Namen, die Schuhgröße, Klamottengröße. Ich wusste nicht, welche Schuhgröße ich hatte. Ich war froh schon etwas lesen und schreiben zu können. Es stand alles auf Arabisch auf den Formularen. Etwas später bekamen wir Handtücher, Pullis, Hosen, Schuhe und Zahnpasta und eine Zahnbürste. Und noch so alles, was ein Mensch braucht. Eine Dusche gab es auch. Ich war froh, endlich nach Wochen, duschen zu können.

In der Flüchtlingssiedlung waren etwa 200 Flüchtlinge aus verschiedenen Nationen. Viele Flüchtlinge kamen aus Syrien, dem Libanon und aus Libyen. Für all diese Menschen gab es nur zwei WC und zwei Duschen. Es war der Horror. Viele Menschen wuschen sich am See deswegen. Der See war nicht so weit weg vom Zelt. Ich dachte oft an Aleppo, war aber froh, nicht mehr da zu sein, trotz Heimweh. In Aleppo konnte man nicht mehr leben. Es ist dort viel zu gefährlich. Die Tage in dem Zelt vergingen endlos. Eine Familie berichtete, sie wären schon seit zwölf Monaten hier und würden warten. Ich war erst ein paar Wochen im Zelt, aber dass es so lange dauern würde, konnte ich nicht ahnen. Ich wollte weiter. Mittlerweile dachte ich, dass ich keine Reiseerlaubnis bekämen würde, weil ich minderjährig war. Auf keinen Fall wollte ich ins Heim. Das wäre eine Katastrophe für mich. Ein Weltuntergang. Ich musste mir etwas ausdenken, um weiter reisen zu können. Ich wollte nach Deutschland. Schon als ich in Aleppo war, wollte ich nach Deutschland. In Aleppo war ein Deutschlehrer. Die Tage vergingen und ich hatte keine Idee für einen Plan. Ich hätte einfach abhauen können, jedoch ohne eine Reiseerlaubnis zu haben, dachte ich, würde es nicht gut gehen. Aber ich wollte nach Deutschland. Irgendwie. Koste es, was es wolle. Eine nachts packte ich meine Rucksack mit ein paar Sachen drin. Ich versuchte auf Zehenspitzen das Zelt zu verlassen. Keiner durfte mich erwischen, sonst wäre mein Plan einfach abzuhauen, schon zu Anfang vereitelt worden. Nach ein paar Minuten war ich aus dem Zelt raus und versuchte nun auf eigene Faust nach Deutschland zu kommen. Es war illegal, aber ich war mir sicher, nicht zurück geschickt zu werden nach Aleppo. Wegen dem Krieg. Das Einzige, was sie tun könnten, war mich in ein Heim zu stecken. Nach Stunden des Laufens kam ich an einen Busbahnhof, in dem viele Busse parkten. Es gab Busse, die nach Deutschland fuhren. Die Busse fuhren nicht direkt nach Deutschland, denn sie mussten über Ländergrenzen fahren. So wie die Schweiz. Aber es hörte sich schon mal gut an. Es gab da ein Problem: Ich hatte kein Geld, um mir ein Ticket zu kaufen. Das zweite Problem waren die fehlenden Papiere. Ich konnte mich nicht ausweisen und musste versuchen, mich irgendwie unbemerkt zwischen die anderen Fahrgäste zu drängeln. Der Busfahrer merkte dies und ließ mich garnicht erst einsteigen. Daher musste ich Plan B nehmen. Diese Idee war zwar lebensgefährlich, aber es ging nun mal nicht anders. Ich versuchte mich im Kofferraum eines Busses zu verstecken. Der nächste Bus fuhr in die Schweiz und würde da Zwischenstopp machen. Später ging es weiter nach Deutschland. Ich wusste, dass ich sterben könnte auf den Weg, wenn ich so reiste. Aber was sollte ich anderes machen? Ich musste es tun. Als der Busfahrer den Kofferraum aufmachte und alle Passagiere ihre Koffer darin verstaut hatten, schlich ich mich dazwischen. Im Kofferraum wollte ich ein kleines Loch in den Boden machen, um Luft zu bekommen, denn sonst würde ich ersticken. Da der Boden aber zu hart war, gelang es mir nicht. Ich nahm mir aber eine Plastiktüte und pustete in sie hinein, damit ich Sauerstoff bekam. Am nächsten Tag machte der Bus halt und alle Leute stiegen aus. Als der Kofferraum aufging, dachte ich, ich musste abhauen, bevor man mich findet. Denn wenn man mich finden würde, wäre es mein Ende. Draußen war es ziemlich dunkel, daher konnte mich niemand sehen. Aber ich war in der Schweiz. Zum Glück. Ich hörte die Fahrgäste, wie sie sich beschwerten, dass der Bus nicht weiter fuhr. Alle Passagiere waren enttäuscht und wollten weiter fahren nach Deutschland. Ich konnte die Wut in den Augen der Fahrgäste sehen. Viele von ihnen telefonierten rum. Es kamen Freunde und Bekannte, die Familie, um die Fahrgäste vom Busbahnhof abzuholen. Einige Fahrgäste warteten und waren sauer, dass der Bus nicht weiter fahren konnte. Ein Reifen von dem Bus war geplatzt. Ich wusste, ich war in der Schweiz stecken geblieben, dazu war ich minderjährig. Wenn mich die Polizei erwischen würde, würde man mich in ein Heim stecken oder ich würde in eine Pflegefamilie kommen. Ich wusste nicht, was ich machen sollte. Es war mitten in der Nacht. Mit der Zeit waren alle Fahrgäste weg, nur ich war noch am Busbahnhof. Ich war alleine. Von etwas weiter weg, kam ein Obdachloser zu mir. Der Mann war dreckig und hatte dreckige Klamotten an. Es war bestimmt Monate her, dass der Mann sich nicht mehr gewaschen hatte. Seine Schuhe waren voller Dreck und hatten Löcher. Der Mann schob einen Einkaufswagen vor sich her. In dem Einkaufswagen waren viele unnötige Sachen. Ich fragte mich, was der Mann mit solchem Zeug anstellen wollte. Wozu, so was? Der Obdachlose ging an mir vorbei. Als er zwei Schritte an mir vorbei war, blieb er stehen und sah mich an. Der Mann fragte mich: „Was machst Du denn hier alleine, kleines Mädchen? Haben Deine Eltern Dich vergessen?"

Ich dachte an meine Eltern und wurde traurig. Meine Eltern, meine ganze Familie war tot. Da ich nur sehr wenig Deutsch konnte, antwortete ich dem Mann nicht. Der Mann setzte sich zu mir auf die Bank und stellte sich mir vor. „Hallo, ich bin Figo."

Figo reichte mir seine Hand und ich erwiderte: „Hallo. Ich bin Yasmin."

Ich war sehr müde und daher sehr wortkarg. Ich wollte weiter und hatte keine Lust mit dem Mann zu reden. Ich hatte sehr wenig Zeit und ich musste mich verstecken, bevor die Polizei mich erwischte. Figo sah mich an und fragte mich:

„Wo kommst Du her und wo sind Deine Eltern?"
Ich sah Figo an und antwortete kurz: „Meine
Eltern sind in Aleppo. Sie sind tot."

Figo war erschrocken und verstand sofort. Er gab
mir seine Hand und sagte: „Komm!"

Ich vertraute Figo nicht ganz, da ich ihn noch
nicht kannte. Ich ging aber trotzdem mit ihm mit.
Wir gingen auf ein altes zerstörtes Gebäude zu.
Figo sagte zu mir: „Yasmin. Das ist meine
Wohnung. Ich wohne hier mit ein paar Freunden.
Keine Angst. Ich möchte Dir nur helfen. Wir
sind hier in der Schweiz. Man kann nicht einfach
auf der Straße schlafen. Es ist auch sehr kalt
nachts."

Wir blieben vor der Tür stehen. Figo machte die
Tür auf und rief in die Runde: „Hey, Leute.
Daniel. Jenny. Paulo. Kommt mal her. Wir haben
Besuch."

Ich war erstaunt und fragte mich, was ich für ein
Besuch wäre. Ich war doch nur ein kleines
Mädchen, das aus Aleppo geflüchtet war. Wegen
dem Krieg. Ich war willkommen. Man bat mich
herein und gab mir eine Decke und ein Glas Tee.
Die Situation dieser armen Menschen war
einerseits schockierend, andererseits jedoch sehr
beeindruckend. Alle aßen zusammen aus einer
Dose. Es gab kein frisches Obst. Mich erinnerte
alles sehr an Aleppo, von wo ich her kam. Diese
armen Menschen schliefen im Müll. Alleine das
Hinsehen machte mich krank. Am nächsten
Morgen, als ich wach wurde, waren alle weg. Ich

war alleine. Ich kämpfte mich durch den Müll und versuchte irgendwie aus dem Haus zu kommen. Auf dem Weg nach draußen kam Figo mir entgegen. Er hatte Brot und eine Tüte Milch in der Hand. Figo sah mich an und fragte: „Wo willst Du denn hin, Yasmin? Ich habe Brot und etwas Milch mitgebracht. Möchtest Du nicht etwas essen?"

Ich sagte: „Danke, Figo. Ich will versuchen nach Deutschland zu kommen."

Figo sah mich an und sprach: „Wie willst Du das denn anstellen? Du bist viel zu jung dazu. Du kannst Dich nicht ohne Begleitung durchkämpfen."

Ich sagte: „Das weiß ich, Figo. Aber wenn ich es alleine nach Europa geschafft habe, von Aleppo aus, dann schaffe ich es auch weiter bis nach Deutschland."

Figo war erschrocken und rief: „Was? Du kommst alleine von Aleppo hier her. Wie geht das denn? Wo sind Deine Eltern?"

Ich sah Figo kalt an und sagte nur: „Tot. Meine Eltern und meine ganzen Verwandten sind tot."

Figo war entsetzt. Als er sich gefangen hatte, sagte er: „Yasmin, um nach Deutschland zu kommen, brauchst Du Dokumente. Du brauchst Geld und eine Vollmacht Deiner Eltern. Du hast nichts von dem. Ohne diese Dokumente wird man Dich an der deutschen Grenze festnehmen und in ein Kinderheim oder Kinderdorf bringen."

Ich hatte keine Antwort und es kam mir so vor, als wenn ich feststecken würde in der Schweiz. Ich fragte Figo: „Und? Was kann ich jetzt tun? Was soll ich machen? Wie geht`s weiter?"

Figo sah mich an und sagte: „Eigentlich kannst Du nichts machen. Du bist noch zu jung und die Gesetze in der Schweiz sind etwas anders, als die in Aleppo. Aber ich werde eine Lösung finden, wie Du eventuell auch so nach Deutschland kommst. Das Wichtigste ist jetzt, dass Du angemeldet wirst. Als Flüchtling. Es gibt da jedoch einen Haken."

Ich sagte: „Und? Der wäre?"

Figo sagte: „Es könnte sein, dass ich Dich eventuell in eine Heim bringen muss. Aber ich kenne ein Familie, die schon immer ein Kind adoptieren wollte, das aus einem Kriegsgebiet kommt. Ich kann mal nachfragen bei der Familie und etwas über Dich reden. Vielleicht klappt da was."

Ich fragte Figo: „Wo wohnt die Familie, Figo? In Deutschland?"

Figo schüttelte mit dem Kopf und sagte: „Nein. Die Familie wohnt in der Schweiz. Aber wenigstens ist es ein Anfang. Du bist in einer deutschen Familie und brauchst nicht ins Heim."

Ich was fassungslos. Ich wollte nicht in der Schweiz bleiben. Ich wollte nach Deutschland. Mir war nur eins klar: Ich musste weg. Ich sagte: „Nein. Nein. Ich will nicht in eine Familie und ich will in kein Heim. Ich will weiter reisen. Ich will nach Deutschland. Mehr nicht."

Es musste einen Weg geben nach Deutschland, auch ohne Papiere. Inzwischen waren die anderen, die Freunde von Figo, wieder da und hörten unserem Gespräch zu. Alle sahen mich an und schüttelten mit dem Kopf. Einer von ihnen sagte: „Nein, Yasmin. Figo hat Recht. Du musst entweder ins Heim oder in eine Familie. Nur so kannst Du es schaffen nach Deutschland zu kommen. Schau uns doch an. Wir leben auf der Straße. Wir sind Obdachlose. Wir müssen betteln. Wir müssen unser Essen aus dem Müll fischen, wenn wir nicht verhungern wollen."

Ich war sehr erschrocken und entsetzt. Es war unglaublich, dass es Menschen in der Schweiz gab, die so leben mussten. Ich fragte Figo: „Wieso?"

Figo sagte: „Wir müssen uns auf die Suche machen. Ich muss nach etwas Essbarem suchen."

Ich fragte Figo: „Wo?"

Figo sagte: „In der Stadt. In der Stadt sind Mülleimer. Wir werden schauen, ob da jemand Obst oder Brot reingeschmissen hat. So ist das Leben auf der Straße. Es gibt zwar ab und zu Suppen, die wir aus Kantinen als Spende bekommen, aber so etwas gibt es nicht jeden Tag."

Diese Situation, in der die Leute lebten, war für mich unbegreiflich und grausam. Ich wusste, ich musste abhauen. Am besten mitten in der Nacht, wenn alle schlafen. Ich werde aufpassen müssen, dass Figo mich nicht erwischt, sonst würde er mich aufhalten. Als es soweit war, mitten in der Nacht, nahm ich meinen Rucksack und schlich mich weg. Ich musste mir etwas einfallen lassen, wie ich nach Deutschland käme. Nach ein paar Stunden des Laufens kam ich an einen Zugbahnhof. Es war schon morgens. Ich hatte zwar keine Uhr, aber es wurde langsam hell. Von weitem sah ich die Züge. Ich sah, wie sich ein Afrikaner unter den Zug schlich. Ich fragte mich, was der Afrikaner machte. Der Afrikaner sah nicht aus, als wäre er ein Mechaniker. Nach einer viertel Stunde kam er wieder unter dem Zug hervor. Ich ging in Richtung Busbahnhof und folgte dem Afrikaner. Ich war neugierig und wollte ihn fragen, was er unter dem Zug gemacht hatte. Ich packte dem Afrikaner am Arm und fragte ihn: „Was hast Du da unter dem Zug gemacht?" Der Afrikaner erschrak sich und sagte: „Was willst Du, Du Rotznase. Hau ab." Ich wurde wütend und schrie den Afrikaner an. „Wenn Du mir nicht sagst, was Du unter dem Zug gemacht hast, dann gehe ich zur Polizei!" Der Afrikaner sah mich gelassen an und fragte mich: „Wo kommst Du her, Du kleine Schwätzerin?"

Ich erschrak und sagte: „Aus Aleppo."

Der Afrikaner rief: „Aus Aleppo, Du, alleine. Nein."

Ich sagte trotzig: „Doch alleine. Ich bin alleine hier in der Schweiz."

Der Afrikaner sagte zu mir: „Kleine. Das, was Du gerade gesehen hast, darfst Du niemals nachmachen. Es ist lebensgefährlich. Es ist zwar der einzige Weg, um nach Deutschland zu kommen, aber Du suchst Dir eine andere Lösung. Okay!"

Ich hatte das Gefühl der Afrikaner wusste, was ich vorhatte. Von irgendwo her kam die Polizei. Die Polizisten gingen direkt auf uns zu. Als der Afrikaner die Polizei bemerkte, lief er sogleich fort. Die Polizisten rannten dem Afrikaner hinter her. Ich setzte mich auf eine Bank, gegenüber dem Busbahnhof und dachte darüber nach, was der Afrikaner mir über die Flucht erzählt hatte. Als es Morgen wurde, war wieder ein Tag vergangen, ohne dass ich etwas gegessen und getrunken hatte. Ich hatte keine Ahnung, wie es weiter gehen sollte. Ich wusste nur, wohin ich wollte. Ich wollte nach Deutschland. Ich sah neben mir eine Zeitung liegen auf der Bank. In großer Schrift stand geschrieben, wie gefährlich es ist, sich unter einem Zug zu verstecken und zu flüchten. Ein Afrikaner starb dabei. Der Afrikaner in der Zeitung, in dem Artikel, sah genauso aus, wie der Afrikaner, der mir gestern begegnet war. Ich war mir nicht sicher, weil Afrikaner schwarz sind und irgendwie alle gleich aussehen. Aber der Afrikaner in der Zeitung sah so aus wie der Mann von gestern. Er war es bestimmt.

Nach Stunden des Rumsitzens musste ich es

einfach tun. Ich musste gucken, ob das funktioniert, sich unter einem Zug festzuhalten. Ich wollte versuchen, mich als blinder Passagier irgendwie zwischen den Stahl unter den Zug zu klemmen. Und tatsächlich. Ich fand unter einem Zug einen Platz, wo ich mich hinsetzen konnte. Der Platz fühlte sich sicher an, so, als wenn ich nicht rausfallen könnte. Ich wusste aber nicht, wie es war, wenn der Zug fahren würde und wie schnell der Zug fahren würde. Zum Glück war es mitten in der Nacht und keiner konnte mich sehen. Jedenfalls nicht einfach so. Ich war gut versteckt. Man müsste schon direkt unter den Zug gucken, um mich zu entdecken. Mir viel mein Rucksack ein, den ich auf der Bank vergessen hatte, jedoch setzte sich der Zug bereits in Gang und fuhr los. Ich bekam es mit der Angst zu tun. Der Zug fuhr schneller und schneller. Mir stieg der Geruch in die Nase, den Züge immer haben, wenn sie fahren. Es war ein Geruch von Staub und Nässe und von Stahl, wenn der Stahl aufeinander reibt und sich eine Glutspur entwickelt. Ich dachte an die Worte des Afrikaners und wie er mir sagte, es wäre lebensgefährlich, so zu reisen. Seine Worte brannten in meinem Kopf, wie eine Tattoonadel in der Haut. Aber es war zu spät für ein Zurück. Ich saß unter dem Zug und war gefangen in meinem Schicksal."

Ich sah Yasmin entsetzt an und rief: „Oh mein Gott, Yasmin. Mach bitte Pause jetzt. Das ist zu viel, was Du da erzählst. Es ist auch Mittag jetzt. Seh zu, dass Du Dir etwas zu essen holst bitte. Wir sehen uns morgen, okay!"

So verabschiedete ich mich fürs Erste von Yasmin. Yasmin ging in die Kantine und ich ins Büro. Meine Chefin war wieder da. Wie immer! Frau Müller sah mich an und fragte mich: „Und... Frau de Luca, ist alles in Ordnung mit Ihnen?"

Ich sah Frau Müller, meine Chefin, kurz an und sagte: „Ja, alles gut. Danke."

Frau Müller kannte mich schon etwas und wusste, dass es mir nicht gut ging. Frau Müller sagte: „Frau De Luca, bitte steigern Sie sich nicht so hinein in die Geschichten der Flüchtlinge."

Frau Müller, meine Chefin, war eine sehr hartherzige und konzentrierte Frau. Eine Frau, die wusste, was sie sagt, jedoch kaum Gefühle an sich heran ließ. Ich schwieg lieber, nicht dass ich noch meinen Job im Heim verlor. Ich wollte nicht meiner Chefin zuhören, sondern noch mehr erfahren über Yasmin und ihre Flucht, genau bis hier her. Ich ging ins Büro und machte mir ein paar Notizen, über das, was mir Yasmin erzählte. Danach machte ich Feierabend. Der Tag war sehr anstrengend gewesen für mich. Am nächsten Tag, als ich wieder im Flüchtlingsheim war und mit Yasmin weiter reden wollte, fand ich Yasmin sehr traurig da sitzen. Ich fragte Yasmin, ob alles okay wäre. Yasmin war sehr kurz und sagte nur: „Ja, es ist alles okay. Meine Familie fehlt mir.

Ich bin traurig."

Als ich das hörte, brach es mir das Herz. „Das arme Kind", dachte ich.

Yasmin erzählte weiter: „Als wir nach Stunden in Österreich anhielten und Pause machten, war es schon dunkel. Ich konnte problemlos aus meinem Versteck unter dem Zug raus und mich etwas ausruhen. Meine Hände waren sehr verschwitzt vom Halten und aufgeritzt. In Österreich war es eiskalt und ich hatte kaum Klamotten an. Ich hatte Hunger und dachte an die Worte von Figo. Neben mir war ein Mülleimer, in den ich hinein schaute. Ich fand einen halben Hamburger und biss hinein, ohne darüber nachzudenken, wer ihn vorher schon im Mund hatte. Irgendwie brachte ich in Erfahrung, dass der Zug für ein paar Tage stehen bleiben würde. Die Gleise waren verschneit. Ich fragte mich, wo ich in der Kälte nun hin sollte. Ein Rettungswagen kam vorbei und verteilte an Passanten Decken und heiße Getränke. Zum Glück konnte ich mich dazwischen drängen und bekam auch etwas ab. Es waren viele Fahrgäste da, die nicht wussten, wie es nun weiter gehen sollte. Einige Stunden danach wurden wir alle in eine große Halle gebracht, in der man schlafen konnte. Diese Situation erinnerte mich sehr an Genova und die großen weißen Zelte. Ich war sehr müde und schlief gleich ein. Am nächsten Morgen wurde ich durch das Geschrei von Kindern wach. Polizisten kamen. Es war sehr beängstigend. Ich dachte, die Polizisten würden mich mitnehmen, da ich keine Papiere hatte, um mich auszuweisen. Ich musste so schnell wie möglich abhauen, bevor man mich sah. Ich wollte in kein Kinderheim mehr. Leider entdeckten mich die Polizisten und nahmen mich mit. Die Polizisten fragten nach meinem Namen und wo ich her kam. Ich musste ihnen meine ganze Geschichte erzählen. Alles, was bis jetzt passiert war. Einer der Polizisten sagte, sie würden mich in ein Heim bringen, in dem ich gut versorgt würde. Ich hatte Angst und rief: „Nein. Nein. Ich will nicht in ein Heim."

Die Polizisten nahmen mich jedoch mit und gaben mich in einem Kinderheim ab. Dieses Mal war das Kinderheim gemischt. Es gab Jungs und Mädchen. Ich kam in ein Zimmer zu vier anderen Mädchen. Die Mädchen waren hochnäsig und eingebildet. Diese Mädchen bildeten eine Gang mit dem Namen „Big Bande" und hatten das ganze Heim in der Hand. Die Kinder, die dort lebten, waren zwischen 5 und 16 Jahre alt. Ich bekam mit, wie die Jungs sich nachts in die Zimmer der Mädchen schlichen. Die Jungs und die Mädchen tranken Alkohol, rauchten Zigaretten und hörten Musik. Ich wusste, dass so etwas streng verboten war. Ich musste mir etwas einfallen lassen, mir einen Plan machen, wie ich von dort wegkam. Ich wollte nach Deutschland."

Ich sah Yasmin an und sagte: „Stopp! Lass uns

eine Pause machen."

Yasmin wollte aber nicht. Nach etwas Überlegen stimmte Yasmin mir jedoch zu. Wir verabschiedeten uns und jeder ging seinen Weg. Auf dem Weg ins Büro traf ich Frau Müller. Frau Müller, meine Chefin, drückte mir Papiere in die Hand und sagte kurz: „Frau De Luca. Kümmern Sie sich bitte darum."

Als ich im Büro war, schaute ich mir die Papiere an. Auf einem der Zettel stand, dass Yasmin nach Freiburg umziehen sollte. Ich war sehr geschockt und wusste nicht, was ich machen sollte. Mir war unklar, warum Frau Müller Yasmin nach Freiburg schicken wollte, wo es Yasmin doch hier im Flüchtlingsheim sehr gut ging. Da musste etwas faul sein. Ich wollte die Papiere nicht ausfüllen und fragte mich, warum Frau Müller es nicht selber tat. Leider war Frau Müller schon aus dem Haus, so dass ich die Angelegenheit mit ihr morgen früh klären musste.

Als ich am nächsten Tag ins Flüchtlingsheim kam, fand ich Yasmin weinend da sitzen. Ich dachte mir schon, warum Yasmin weinte, sprach sie aber trotzdem darauf an. Ich sagte: „Yasmin, warum weinst Du, was ist los?"

Yasmin sah mich traurig an und sagte: „Ich muss von hier weg. Ich werde nach Freiburg ins Heim kommen. Du wusstest davon. Ich weiß es. Warum hast Du es mir nicht gesagt?"

Ich fühle mich sehr schlecht und schuldlos

überrumpelt. Ich sagte zu Yasmin: „Ich habe es gestern erst erfahren, Yasmin. Frau Müller hat mir auf dem Weg ins Büro einfach Papiere in die Hand gedrückt und gesagt, ich soll das bis morgen erledigen. Danach verschwand sie."
Yasmin sah mich wütend und enttäuscht an und sagte: „Und. Hast Du es erledigt?"
Ich schüttelte meinen Kopf und sagte: „Nein. Ich habe nichts erledigt. Ich möchte erst den Grund wissen von Frau Müller. Aber solange sie nicht da ist, können wir etwas reden. Du kannst mir deine Geschichte weiter erzählen, wenn Du möchtest."
Yasmin nickte und erzählte weiter. „In dem Heim, in Österreich, habe ich einen Jungen kennengelernt. Der Junge hieß Pascal. Pascal wurde mir ein sehr guter Freund, mit dem ich über alles reden konnte und dem ich sehr vertraute. Jedoch konnten wir uns nur durch Gesten verständigen, da wir nicht die gleiche Sprache sprachen. Pascal half mir, wie er konnte, aus dem Heim zu flüchten. Ohne seine Hilfe hätte ich es nicht geschafft. Als ich aus dem Heim raus war, war es mitten in der Nacht und bitterkalt draußen. Ich machte mir Gedanken, wie es nun weiter gehen würde. Ich wollte nach Deutschland. Auf dem Weg zum Zugbahnhof traf ich ein Sammeltaxi, das stehen blieb. Der Taxifahrer fragte mich: „Ist alles okay, Kleine?"
Ich konnte nicht viel sagen. Ich sagte nur: „Ich Deutschland. Keine Geld." Der Taxifahrer

verstand mich jedoch und sagte: „Komm. Steig ein, Kleines." In dem Sammeltaxi waren noch mehr Fahrgäste. Der Taxifahrer fragte mich: „Sprichst Du Arabisch?"

Ich antwortete: „Ja!"

Der Taxifahrer fragte mich über mein Leben und ich erzählte ihm meine ganze Geschichte. Mein Geschichte war noch nicht mal ein Geschichte, sondern mein wahres Leben. Als ich alles erzählt hatte, sah mich der Taxifahrer mit Tränen in den Augen an und sagte: „Oh mein Gott. Ich versuche Dir zu helfen. Okay? Mein Name ist Amin."

Amin, der Taxifahrer reichte mir die Hand. Ich sagte: „Ich bin Yasmin."

Auf dem Weg nach Deutschland erzählte Amin mir von den Flüchtlingsheimen in Deutschland. „In den Flüchtlingsheimen leben Menschen, die Dir helfen werden, Yasmin", sagte Amin.

Amin sah mich an und sagte: „Yasmin. Ich versuche Dich nach Deutschland zu bringen. Das wird nicht einfach werden, okay! Wenn ich das schaffe, bringe ich Dich in ein Flüchtlingsheim in Hannover. In diesem Flüchtlingsheim war ich auch monatelang. Man wird Dir da helfen. Ich war selber Flüchtling vor Jahren. Ich kam als Flüchtling aus dem Irak."

Einige Tage später schafften wie es bis nach Hannover. Ohne Probleme kamen wir nach Deutschland rein. Amin half mir in ein großes Flüchtlingsheim zu kommen. In der Nähe des

Flüchtlingsheims verabschiedete sich Amin von mir und sagte: „Den Rest musst Du alleine schaffen, Yasmin. Glaub mir, es wird Dir geholfen werden."

Amin machte mir die Tür auf von seinem Taxi und rief: „Viel Glück!"

Uns so verschwand er. Ich glaube, Du hast mich schon kommen sehen, Filomena."

Plötzlich kam Frau Müller ins Zimmer und sagte grob: „Frau De Luca, haben Sie schon alles erledigt?"

Ich sah Frau Müller an und dachte mir, was für eine herzlose und kalte Frau sie doch war. Ich sagte: „Nein, Frau Müller. Ich habe nichts fertig gemacht. Ich möchte wissen, warum Yasmin nach Freiburg ins Kinderheim gehen soll. Yasmin ist hier gut aufgehoben. Wieso soll ich so etwas ausfüllen? Ich verstehe es nicht."

Frau Müller sah mich an und sagte: „Frau De Luca. Yasmin muss nach Freiburg ins Heim. Danach wird sie an eine deutsche Pflegefamilie übergeben. Die Familie, in der Yasmin weiter leben wird, kann keine Kinder bekommen."

Ich war geschockt über die Antwort von Frau Müller. Ich sagte: „Und wieso gerade Yasmin? Es gibt viele andere Mädchen, die sie abgeben können, Frau Müller."

Frau Müller sagte: „Weil es so ist, Frau De Luca. Yasmin muss nach Freiburg. Ob Sie es nun wollen oder nicht. Ich werde die Papiere jetzt ausfüllen. Yasmin. Geh und packe Deine

Sachen."

Yasmin sah mich erschrocken an und wusste nicht, was sie machen sollte. Mein Hände waren gebunden. Ich sah keinen Ausweg. Das Einzige, was ich jetzt noch machen konnte, war mit Yasmin nach Freiburg zu fahren. Ich war die Einzige, die sich monatelang um Yasmin gekümmert hatte. Frau Müller nickte mir zu und verließ den Raum. Yasmin umarmte mich fest und sagte: „Bitte lass mich nicht alleine, Frau De Luca."

Diese Worte rührten mich sehr. Ich konnte Yasmin nichts versprechen. Ich wusste, ich musste Yasmin morgen nach Freiburg bringen und bei ihren neuen Pflegeeltern unterbringen. Ich kniete mich vor Yasmin uns sagte: „Du weißt, dass Du wie mein Kind für mich geworden bist. Ich werde Dich nie vergessen, Yasmin. Aber ich denke, die Familie in Freiburg wird für Dich besser sorgen als das Flüchtlingsheim hier. Später werde ich mit Deiner Erlaubnis Dein Leben aufschreiben. Ich werde aus Deiner Geschichte ein Buch machen. Ich werde der ganzen Welt erzählen, dass Flüchtlinge keine Märchen erzählen. Auch wenn es schwer zu glauben ist. Wenn das Buch raus kommt, werde ich ein Buch davon Frau Müller in die Hand drücken. Frau Müller geschieht es recht, wirklich mal zu lesen, wie ein Flüchtling nach Europa kommt. Diese Geschichten sind keine Geschichten, sondern das wahre Leben. Es bricht mir das Herz, Dich gehen zu lassen. Aber meine Hände sind gebunden und ich weiß nicht, wie ich Dir noch helfen kann jetzt. Wir können uns Briefe schreiben und telefonieren und uns besuchen. Deine Pflegeeltern werden bestimmt nichts dagegen haben."

Durch meine Gerede sah ich, dass Yasmin sehr müde geworden war und einschlief.

Am nächsten Morgen war es dann soweit. Frau Müller kam sehr früh ins Flüchtlingsheim und rief: „Guten Morgen Ihr Lieben. Der Bulli wartet schon auf Euch. Es ist Zeit, Yasmin. Hast Du alles gepackt?"

Yasmin nickte und hielt mich fest an der Hand. Frau Müller sagte zu mir: „So, Frau de Luca. Hier sind alle Unterlagen und Papiere. Leider kann ich heute nicht mitfahren. Eine neue Familie kommt heute ins Heim und ich muss sie aufnehmen. Aber machen Sie sich keine Sorgen. Die Leiterin des Heims, Frau Mars, erwartet Sie schon."

Ich war sprachlos. Ich wunderte mich, dass ausgerechnet ich Yasmin nach Freiburg bringen sollte, wo ich mich die ganze Zeit um Yasmin gekümmert hatte. Ich sah Frau Müller an und fragte: „Wie bitte? Ich soll Yasmin nach Freiburg bringen. Nee. Sie haben doch alles vorbereitet, Frau Müller, dann müssen Sie Yasmin auch nach Freiburg bringen. Ich bin nur eine Praktikantin, die sich um Yasmin monatelang gekümmert hat, mehr nicht."

Nach diesen Worten rastete Frau Müller aus und wurde zu einer giftigen Schlange. Frau Müller raste mich wütend an und sagte: „Verdammt noch mal. Bringen Sie Yasmin jetzt nach Freiburg. Haben Sie mich verstanden. Ich habe diesen Kindergarten satt. Tun Sie einfach, was ich Ihnen sage. Okay? Yasmin muss heute noch nach Freiburg, ob Sie es wollen oder nicht. Yasmin wird in eine Pflegefamilie kommen. Die Pflegefamilie wartet schon auf Yasmin. Also... hier sind die Unterlagen. Bringen Sie Yasmin sofort nach Freiburg. Punkt. Aus."

Mit dem letzten Wort drehte sich Frau Müller um und verließ das Zimmer. Ich war sehr geschockt über Frau Müllers Reaktion. Ich dachte mir schon von Anfang an, dass Frau Müller nicht ganz dicht im Kopf war. Ich nahm Yasmin an die Hand und sagte: „Los komm, Yasmin. Mal sehen, was uns in Freiburg erwartet." Auf der Fahrt nach Freiburg überlegte ich, ob ich das Richtige tat, wenn ich Yasmin jetzt begleitete. Es kam mir alles falsch vor. Ich schaute Yasmin an und sah die Angst in ihren Augen. Das arme Mädchen hatte so viel durch gemacht und jetzt das hier, dachte ich. Einige Stunden später standen wir vor einem Tor. Als wir durch das Tor gefahren waren, landeten wir in einem Hof. In diesem Hof stand eine große Kirche. Yasmin sah mich an und ich sah Yasmin an. Ich konnte es nicht fassen. Frau Müller hatte Yasmin in ein großes Kloster geschickt, in dem nur Nonnen wohnten. Yasmin und ich waren beide fassungslos. Eine Nonne kam aus dem Kloster und begrüßte uns: „Grüß Gott. Ich bin die Oberin- des Klosters. Ich heiße Frau Mars und Du müsstest Yasmin sein. Wer sind Sie?"

Ich stellte mich kurz vor: „Ich bin die Praktikantin aus dem Flüchtlingsheim, aus dem Yasmin kommt. Mein Name ist Filomena De Luca. Aber ich glaube, wir sind hier falsch. Frau Müller, die Leiterin des Flüchtlingsheim, hat für Yasmin ein Kinderheim ausgesucht. Yasmin soll später in eine Pflegefamilie. Ich glaube wir haben uns verfahren."

Frau Mars schüttelte den Kopf und sagte: „Nein. Sie sind richtig hier. Das Kloster hier ist ein zu Hause für Mädchen wie Yasmin. Wir sind kein Kinderheim. Wir wollten immer ein Mädchen wie Yasmin, dass aus Aleppo kommt. Wir stießen auf das Flüchtlingsheim in Hannover und kamen mit Frau Müller in Kontakt. Frau Müller erzählte uns von Yasmin und da Yasmin keine Familie mehr hat, haben wir sie zu uns geholt. Yasmin kann hier zur Schule gehen, Gott dienen und sie kann hier auch kochen lernen, nähen und noch so einiges."

Ich sah Frau Mars an und sagte: „Frau Mars. Sie wissen schon, dass Yasmin Muslima ist!"

Frau Mars wurde rot und erwiderte: „Das macht nichts. Gegenüber unseres Klosters ist eine Moschee. In diese Moschee kann Yasmin gerne gehen und beten. Ich habe nichts gegen Muslime.

Wenn Yasmin will, liest sie anstatt der Bibel den Quran. Das geht schon."

Ich glaubte Frau Mars kein Wort. Wir waren in einem Kloster und nicht in einer Moschee. Yasmin unterbrach Frau Mars und rief: „Ich will hier nicht bleiben, bitte."

Frau Mars sagte: „Hier sind auch die Papiere, die Sie uns von Frau Müller mitgebracht haben. Wir sind offiziell Deine Pflegefamilie, Yasmin. Und bis Du noch nicht volljährig bist, musst Du hier bleiben."

Ich sah Yasmin an und dachte an Frau Müller. Ich war schockiert darüber, was Frau Müller Yasmin angetan hatte. Ich fragte mich, was Yasmin nur in einem Kloster machen sollte? Das arme Mädchen. Leider konnte ich für Yasmin nichts mehr tun und musste sie im Kloster zurück lassen. Ich sah Yasmin an und sagte: „Yasmin. Du gehörst jetzt hier her. Ich kann nichts mehr für Dich tun. Es tut mir leid."

Bevor ich noch zu Ende sprechen konnte, nahm mich eine Nonne am Arm und zerrte mich hinter sich her. Ab dem Moment sah ich Yasmin nie wieder. Frau Mars begleitete mich zur Tür und sagte: „Machen Sie sich keine Sorgen. Yasmin ist in guten Händen."

Mit diesen letzten Worten machte Frau Mars die Tür vor meiner Nase zu.

Als ich zurück im Flüchtlingsheim war, war Frau Müller nicht im Haus. Ich musste mit ihr reden. Ich wollte von Frau Müller wissen, warum

Yasmin im Kloster war und was Yasmin dort sollte. Ein Vertreter vom Heim erklärte mir, es sei die Entscheidung von Frau Müller. Er sagte: „Frau Müller ist die Chefin hier und damit auch die Entscheidungsträgerin in allen Angelegenheiten."

Diese ganze Situation regte mich so auf, dass ich fristlos kündigte. Ich wollte nicht noch eine Minute länger im Flüchtlingsheim arbeiten müssen.

Ich dachte, ich sehe Yasmin nie wieder. Einige Jahre später jedoch, traf ich Yasmin zufällig im Supermarkt. Ich hätte sie beinahe nicht erkannt und konnte es nicht glauben. Ich musste das Mädchen einfach fragen, das ich sah. Ich ging zu dem Mädchen und als ich direkt neben ihr stand, fragte ich sie: „Entschuldigung. Darf ich Sie mal etwas fragen?"

Ich sah in die großen Augen der jungen Frau, die sogleich erwiderte: „Klar. Bitte schön."

Ich fragte: „Sind Sie Yasmin aus Aleppo?"

Die junge Frau sagte: „Ja. Ich bin Yasmin. Woher wissen Sie das?"

Ich sagte: „Ich bin Frau De Luca aus dem Flüchtlingsheim in Hannover. Kennst Du mich nicht mehr? Du warst ein kleines Mädchen."

Yasmin vielen Tränen über ihr Gesicht und ihr Blick verfinsterte sich. Yasmin sagte: „Ja. Jetzt, wo Sie es sagen. Ich erkenne Sie. Sie sind die Person, die mich vor Jahren ins Kloster gesteckt hat."

Ich konnte es nicht fassen, was ich da zu hören bekam. Ich sollte Schuld sein, dass Yasmin ins Kloster gesteckt wurde. Ich stoppte Yasmin und sagte: „Yasmin. Ich habe Dich nicht ins Kloster gesteckt. Ich habe mich monatelang um Dich gekümmert. Du hast mir von Deiner Flucht erzählt. Niemals könnte ich so etwas einem Kind antun."

Yasmin sah mich an und sagte: „Wem soll ich jetzt nur glauben? Ihnen oder Frau Mars?"

Ich wusste, dass Frau Müller und Frau Mars unter einer Decke steckten. Am Ende schoben sie mir alles in die Schuhe. Dank Frau Mars und Frau Müller habe ich Yasmin verloren. Aber wer weiß? Vielleicht gibt es doch noch ein Happy End, dachte ich.

Das Einzige, was ich Yasmin jetzt noch sagen konnte, war, dass ich an allem keine Schuld hatte. Es war alles auf Frau Müllers Mist gewachsen. Frau Müller war die Heimleiterin in dem Flüchtlingsheim in Hannover. Ich sagte zu Yasmin: „Bitte lass uns darüber reden. Du warst damals ein sehr kleines Mädchen, als ich Dich im Kloster abgeben musste. Ich erzähle Dir alles und am Ende kannst Du entscheiden, was Du glauben möchtest. Hast Du Lust auf eine Tasse Kakao, dann können wir in Ruhe reden?"

Yasmin nickte mir zu. Yasmin nickte immer so. Schon als Kind.

Ich sagte: „Gut. Dann lass uns einen Kakao

trinken. Ich werde Dir erzählen, was wirklich passiert war."

Auf dem Weg zum Cafe` fing ich an zu erzählen.

„Weißt Du, Yasmin? Frau Müller, die Heimleiterin hat von einem Tag auf den anderen alle Papiere fertig gemacht, um Dich nach Freiburg zu schicken. Frau Müller log mir frech ins Gesicht, Du würdest in eine Pflegefamilie kommen in Freiburg. Frau Mars und Frau Müller hatten die Papiere schon unterschrieben und daher ging es nicht, die Entscheidung rückgängig zu machen. Mir brach es das Herz, als eine Nonne Dich mit sich mitnahm, als ich Dich in dem Kloster abgab. Wollen wir einen Kakao trinken?"

Yasmin nickte mir zu. In dem Cafe` erzählte mir Yasmin, was wirklich passiert war im Kloster.

„Die Nonne, die mich damals hinter sich her zerrte, hieß Schwester Magdalena. Schwester Magdalena brachte mich in ein Zimmer, in dem es Nonnentrachten gab. Ich sah Schwester Magdalena an und sagte: „Ich zieh das nicht an. Ich bin Muslima und keine Christin."

Schwester Magdalene antwortete barsch: „Du musst diese Tracht anziehen. Wir sind hier in einem Kloster und wir dienen hier unserem Herrn, Gott. Es gibt hier noch andere Kinder, die Du kennenlernen wirst. Du wirst mit den Kindern in die Schule gehen und die Bibel lesen müssen."

Ich konnte es nicht fassen, was Yasmin alles

noch durchmachen musste. Ich fragte: „Und dann? Was ist dann passiert?"

Yasmin sagte: „Ich musste die Nonnentracht leider tragen. Jahrelang. Ich musste mich hinter einem Schleier verstecken und ich musste eine Kette tragen mit einem Kreuzanhänger. Was hätte ich machen sollen? Das Schöne in der Zeit im Kloster war, dass ich die beiden Mädchen aus Aleppo wieder traf. Maria und Madonna. Die beiden Mädchen, die damals den Islam annahmen, waren auch mit im Kloster. Wie die beiden Mädchen dahin kamen, erzähle ich später. Das Klosterleben ist eigentlich okay. Man dient dem Herrn und macht den ganzen Tag die Kirche sauber oder man stellt frische Blumen in das Kloster. Der Geruch in dem Kloster machte mich oft krank, so dass ich mich oft hinlegen musste. Ich musste mich immer übergeben. Aber da gab es noch mehr. Ich erzähle es Dir: Einige Tage später kam Schwester Magdalena, um mich zum Gebet dazu zu holen. Ich sagte zu Schwester Magdalene: „Ich bin keine Christin. Ich bin Muslima. Man betet nicht so, wie ihr es macht." Schwester Magdalena gab keine Ruhe und zwang mich immer wieder mit ihr in die Kapelle zu gehen. Ich musste beten, so wie es die Nonnen machten. Leider. Als Maria und Madonna später auch ins Kloster kamen, schämte ich mich sehr, sie mich so sehen zu lassen. Die Blicke der beiden Mädchen waren furchtbar. Einige Monate später musste ich mich damit abfinden, auch eine Nonne geworden zu sein. Maria und Madonna zwang man auch, so wie mich, eine Nonne zu werden. Mein Alltag im Kloster war immer gleich. Ich musste Essen zu bereiten, die Kirche sauber machen, frische Blumen aus dem Klostergarten besorgen, beten, zu den Unterrichten erscheinen, um die Bibel zu lesen. Ein Rausgehen vom Kloster in den Wald war für uns Mädchen tabu. Nur die Nonnen durften aus dem Kloster. Wenn überhaupt. Es war strengstens verboten, das Kloster zu verlassen. Ich fand auch furchtbar, wie wir Gott anbeten sollten. Gott war für die Nonnen eine Statue, die an ein Kreuz befestigt war. Das war kein Gott für mich. Gott kann man nicht sehen und Gott kann man auch nicht kreuzigen. Ich war so wütend, dass ich die Nonnen anschrie und rief: „Gott kann man nicht sehen." Die Nonnen bestraften mich und schlugen mich. Die Nonnen schlugen meine Hände mit einem Stock, so dass meine Hände blau wurden. Es war furchtbar, eine Statue anzubeten. Ich musste jemanden anbeten, den es so, wie die Nonnen es darstellten, nicht gab. Aber ich musste mich an die Rituale halten, sonst hätte ich Schläge bekommen. Jeden Sonntag mussten wir die Kirche für den Gottesdienst vorbereiten. Die Kirche war sonntags immer prallvoll. Mein Herz blutete. Die Zeit im Kloster war eine sehr traurige Zeit für mich. Die Jahre vergingen. Maria und Madonna erzählten mir, wie sie in dieses Kloster kamen. Die Mädchen erzählten mir, dass sie in Aleppo von einer Bombe getroffen wurden. Da die Krankenhäuser jedoch sehr belegt waren von den Schwerverletzten, kamen beide in eine Kirche. In der Kirche kümmerte sich ein sehr liebevoller Pfarrer um die Mädchen. Als Maria und Madonna wieder fit waren, sagte der Pfarrer, beide Mädchen müssten weg aus Aleppo. Der Pfarrer sagte: „Das Leben ist zu gefährlich in Aleppo. Wir müssen alle hier weg und nach Europa."

In Europa wussten die Mädchen nicht, wo sie hingehen sollte und so brachte sie der Pfarrer in das Kloster. Gott sei Dank wurden Maria und Madonna bis heute keine Nonnen."

Yasmin sah mich an und ich fragte sie: „Hat Dir Frau Mars mal erzählt, wie Du ins Kloster gekommen bist?"

Yasmin sagte: „Klar, hat mir Frau Mars erzählt, wie ich zu ihr kam. Frau Mars erzählte mir, dass eine gewisse Frau De Luca mich im Kloster abgeben sollte. Ein Betreuerin von Flüchtlingsheim sagte angeblich, es wäre kein Platz mehr für mich im Flüchtlingsheim."

Ich war geschockt über Yasmin´s Worte und sagte: „Und die wollen Nonnen sein? Wer an Gott glaubt, ob nun Jude, Christ oder Muslim, der darf nicht lügen. Zu lügen ist eine Sünde. Willst Du die Wahrheit wissen, was wirklich vor Jahren passiert ist?"

Yasmin sah mich an und nickte.

Ich sagte: „Du warst damals noch ein kleines Mädchen, als Du zu uns ins Flüchtlingsheim gekommen bist. Ich war sehr bestürzt darüber, wie Du aussahst. Du warst mit schwarzer Farbe beschmiert. Ich nahm Dich aber mit ins Flüchtlingsheim. Ich gab Dir frische Sachen, etwas zu Essen und Du bekamst ein Bett, wo Du schlafen konntest. Es war meine Pflicht und ich habe mich monatelang um Dich gekümmert, sonst keiner. Keine Frau Mars, keine Frau Müller und keine Schwester Magdalena. Ich war ganz alleine für Dich zuständig. Am Tag und bei Nacht. Auch wenn ich nur eine Praktikantin war. Du hattest Angst und Panikattacken. Wenn unsere Alarmanlage mal los ging, warst Du die Erste, die um Hilfe geschrien hatte. Nur mir vertrautest Du an, wie Du nach Deutschland gekommen bist. Du bist im Flüchtlingsheim auch in einen Deutschkurs gegangen. Ich habe Dir geholfen, Lesen und Schreiben zu lernen. Zwei Jahre nach Deiner Ankunft im Flüchtlingsheim passierte etwas, was uns heute zu schaffen macht. Es war ein Tag wie immer. Ich war auf dem Weg zum Büro, als Frau Müller mir entgegen kam. Frau Müller drückte mir Deine Papiere in die Hand, ohne ein weiteres Wort zu sagen und verschwand danach. Sie machte Feierabend und ging. Frau Müller war die Heimleiterin im Flüchtlingsheim. Als ich den Umschlag aufmachte, den mir Frau Müller gab, konnte ich nicht glauben, was ich las. Es stand auf den Papieren, dass Du nach Freiburg umziehen musst."

Yasmin sah mich an und fragte: „Das stand wirklich auf den Papieren?"

Ich sagte: „Ja, Yasmin. Das stand auf den Papieren. Frau Müller wollte, dass ich die Papiere ausfülle. Die Papiere waren für die Pflegefamilie in Freiburg. Nur am Ende war es keine Pflegefamilie, wo Du hin musstest, sondern das Kloster mit den Nonnen."

Yasmin sah mich an und sagte: „Und... Hast Du die Papiere am Ende ausgefüllt?"

Ich sagte: „Nein. Natürlich nicht!"

Yasmin fragte mich: „Was ist dann passiert?"

Ich war fassungslos und sagte: „ Ich kann nicht fassen, dass Frau Mars Dir nichts erzählt hat. Als Du damals ins Flüchtlingsheim kamst, warst Du noch sehr jung. Du müsstest Dich an Frau Müller, die Heimleiterin noch erinnern. Ja?"

Yasmin überlegte eine Weile und sagte: „Warte. War das nicht die ältere Damit mir dieser komischen spitzen Brille?"

Ich sah Yasmin an und sagte: „Ja, genau. Die Frau war Frau Müller. Frau Müller hat mir am nächsten Tag die Papiere abgenommen und selbst ausgefüllt. Ich wollte die Papiere nicht ausfüllen. Ich weigerte mich strickt."

„Und weiter", sagte Yasmin. „Was ist dann passiert?"

Ich sagte: „Dann machte Frau Müller alles bereit und sagte zu mir, ich soll Dich nach Freiburg begleiten. In Freiburg, sagte Frau Müller, da würde eine Pflegefamilie auf Dich warten. Als wir nach stundenlanger Fahrt endlich in Freiburg ankamen, landeten wie nicht bei einer Pflegefamilie, sondern in einem Kloster. Frau Mars, die Klostervorsteherin, die Nonne wartete schon am Eingang, um uns Willkommen zu heißen. Frau Mars erklärte uns, dass Du ab jetzt im Kloster leben würdest und das Kloster sozusagen zu Deiner Pflegefamilie wird. Ich war sehr vorbehalten und auch unfähig Dich zu beschützen oder zu halten. Die Entscheidung, dass Du im Kloster bleiben musst, war schon schriftlich festgelegt und daher unumstößlich. Nach einer Weile kam eine Nonne und nahm Dich mit. Ich hatte noch nicht mal die Möglichkeit, mich richtig von Dir zu verabschieden. Ab dem Zeitpunkt sah ich Dich nicht mehr wieder."

In Yasmin´s Augen kamen Tränen.

Yasmin sagte: „Also war es garnicht Deine Schuld. Diese alte Hexe, Frau Müller, hat alles ausgeheckt und es Dir am Ende in die Schuhe gesteckt. Was für ein Mist wurde mir da nur erzählt!"

Ich sagte: „Yasmin. Darf ich Dich mal was fragen?"

Yasmin nickte. Ich sagte: „Bist Du eine Nonne geworden? Wenn nicht, wie kamst Du aus dem Kloster heraus und was ist mit Maria und Madonna passiert?"

Yasmin lächelte mich an und sagte: „Sehe ich vielleicht wie eine Nonne aus? Nein, ich bin nie eine Nonne geworden. Auch wenn ich meine ganze Kindheit im Kloster verbracht habe. Ich musste die Bibel lernen, trotz dass ich Muslima bin. Ich bin als Muslima geboren und werde als Muslima sterben. Aber ich möchte Dir nun von Madonna und Maria erzählen. Madonna ist vor vielen Jahren gestorben. Sie starb an einem Hirntumor. Das ist, was ich rausbekam. Auch wenn ich keinen Kontakt haben durfte, tauschten wir heimlich Informationen aus. Maria ist leider eine Nonne geworden, trotz, dass sie in Aleppo zum Islam konvertierte. Aber nun zu mir. Als ich volljährig wurde, stellte man mir die Frage, ob ich Nonne werden wollte. Wenn ich mich vom Kloster verabschiedet hätte, hätte man mir den Kontakt mit den Mädchen aus dem Kloster verboten. Auch mit Maria. Da wir aber immer in Kontakt waren, entschied ich mich für das Kloster. Durch die Entscheidung für das Kloster, durfte ich keinen Kontakt mit Männern haben und mit Mädchen außerhalb des Klosters. Ich war zwar sehr unzufrieden, hatte aber die Möglichkeit im Kloster ein Fachabi zu machen. Als ich das Fachabi fertig hatte, hielt mich nichts mehr im Kloster. Ich wollte raus in die Welt. Ich wollte Medizin studieren und Ärztin werden. Ich wollte Menschen helfen und vielleicht noch heiraten und Kinder bekommen. Da ich das alles nicht im Kloster machen konnte, entschied ich mich dafür, das Kloster zu verlassen. Auch wenn ich Maria zurück lassen musste. Maria wollte im Kloster bleiben. Ich zog in eine WG in Hannover und begann Medizin zu studieren.

Ich unterbrach Yasmin: „Und, hast Du geheiratet?"

Yasmin sah mich an und erzählte weiter: „Dazu komm ich später. Ein Jahr später bekam ich einen Studentenjob in einer Klinik in Hannover. Alles war in Ordnung, bis zu dem Zeitpunkt, an dem ich Dr. Gaza traf."

Ich stoppte Yasmin: „Warte. Warte. Dr. Gaza. War das nicht der Arzt, der vor Deinen Augen in Aleppo, in dem Krankenhaus damals, erschossen wurde?"

Yasmin sah mich an: „Ja, aber lass mich bitte erzählen."

Ich war total geschockt und bekam Zweifel, ob es sich tatsächlich um Yasmin handelte, bei der Frau, die mir gerade alles erzählte.

Yasmin erzählte weiter: „Den Oberarzt Dr. Gaza habe ich in der Klinik kennen gelernt. Als ich den Namen Gaza hörte, klappte ich fast zusammen. Ich wusste, der Dr. Gaza, der mir damals das Leben gerettet hatte, kam vor vielen Jahren ums Leben. Vor meinen Augen. Als ich Dr. Gaza das erste Mal sah, war er jemand anders. Dr. Gaza sah sehr nett aus und wir unterhielten uns. Dr. Gaza sagte mir, dass er mich sehr nett findet. Ich wurde rot, als er mich zum Abendessen einlud. Dr. Gaza lud mich auch zu sich nach Hause ein. Er war ein guter Koch und er wollte, dass wir bei ihm essen und nicht in der Stadt. Das Ganze geschah, als ich schon einige Zeit in Hannover war."

Yasmin pausierte kurz und sagte: „Du würdest mir nie glauben, wer Dr. Gaza ist."

Ich war etwas durcheinander und stotterte: „Wer, wer war Dr. Gaza?"

Yasmin erzählte weiter: „Als ich damals zu Dr. Gaza nach Hause ging, bekam ich einen Schock."

Ich fragte: „Warum? Was war passiert?"

Yasmin legte ihre Hand auf meine Hand und sah auf sie herunter. Yasmin sagte: „Dr. Gaza hatte ein Foto zu Hause von Dr. Gaza aus Aleppo. Als ich das Foto sah, bekam ich Gänsehaut."

Ich sah Yasmin erschrocken an und sagte: „Wie, Dr. Gaza? Er wurde doch vor Deinen Augen erschossen. Wie kann das sein?"

Yasmin sagte: „Es war der Dr. Gaza aus Aleppo. Da bin ich mir ganz sicher."

Ich sagte: „Und Yasmin. Hast Du ihn, Dr. Gaza, darauf angesprochen. Woher kannte er den Mann und wieso trugen beide den gleichen Nachnamen?"

Yasmin sagte: „Ja, ich hab ihn gefragt. Dr. Gaza erklärte mir, dass der Mann auf dem Bild sein Vater ist. Dr. Gaza erklärte mir alles ganz genau und sagte, dass sein Vater vor Jahren in einer Klinik in Aleppo ums Leben kam. Dr. Gaza war erstaunt wegen meinem Interesse an dem Foto und fragte mich, warum ich es so wichtig fand, dieses Bild."

Ich konnte es nicht fassen. „Yasmin, willst Du mir sagen, dass der Dr. Gaza, der Sohn war von dem Dr. Gaza aus Aleppo?"

Yasmin sagte: „Ja. Er, also beide. Dr. Gaza und Dr. Gaza waren Vater und Sohn. Ich erzählte Dr. Gaza meine Geschichte mit seinem Vater, die mir damals in Aleppo passierte. Dass sein Vater vor meinen Augen erschossen wurde. Als Dr. Gaza das hörte, war er sehr erstaunt und sagte: „Was, Du kennst meinen Vater?"

Ich sagte: „Nicht ganz. Aber Dank Dr. Gaza aus Aleppo lebe ich noch."

Dr. Gaza und ich heirateten einige Wochen später. Er, Dr. Gaza, mein Mann, heißt Elias. Ich bin immer noch Studentin, aber schwanger. Ich habe nicht viel Zeit für einen Nebenjob."

Ich war sehr stolz auf Yasmin und sah sie mit Tränen in den Augen an. Ich sagte: „Du hast alles geschafft, was Du Dir als kleines Mädchen vorgenommen hast. Du studierst Medizin und wirst vielen Menschen helfen. Und geheiratet hast Du auch und Du bist gerade schwanger."

Yasmin nickte mir lächelnd zu.

Ich fragte: „Yasmin, vermisst Du Deine Heimat?"

Yasmin sagte: „Natürlich vermisse ich Aleppo. Aber in Aleppo kann man nicht leben. Aber jetzt, wo ich die Wahrheit heraus gefunden habe von Dir, möchte ich mich bedanken, dass Du da warst. Ich würde mich sehr freuen, wenn wir uns öfter treffen können. Sag mal, hast Du meine Geschichte, die Du als Buch schreiben wolltest, heraus gebracht?"

Ich sah Yasmin an und sagte: „Ich habe die Geschichte schon geschrieben, jedoch fehlte mir noch ein Ende. Ich denke, ich bin jetzt soweit, das Buch drucken zu lassen."

Ich drückte Yasmin meine Visitenkarte in die Hand und sagte: „So. Das ist meine Telefonnummer. Da kannst Du mich erreichen. Jetzt muss ich auch los."

Yasmin gab mir ihre Telefonnummer und wir verabschiedeten uns.

Die Monate vergingen und wir trafen uns regelmäßig. Wir wurden beide beste Freundinnen. Yasmin war auch diejenige, die diesem Buch seinen Namen gab. Yasmin entschied sich für „Die Straßen von Aleppo".

Danke, Yasmin, für Deine spannende Geschichte, die ich von Dir erzählen durfte.

Filomena De Luca